ネコミミ王子

# ネコミミ王《おう》子《じ》

茜《さい》花《か》らら
*ILLUSTRATION*：三《み》尾《お》じゅん太《た》

# ネコミミ王子

*LYNX ROMANCE*

CONTENTS

# ネコミミ王子

千鶴《ちづる》は、大きな門の前にいた。

「……さん、……お客さん」

「は？　あ、……えっ？」

背後から声をかけられて、思わず手に持っていたボストンバッグを落としかける。

慌てて鞄《かばん》を握り直して振り返ると、千鶴をここまで乗せてきてくれたタクシーの運転手が怪訝《けげん》そうな顔をウィンドウから覗《のぞ》かせていた。

「どうします？　帰りも、迎えに来ますか？」

「あ……ええと」

周囲を見回す。

東京都内とはいえ、まるで避暑地のように静かで、涼やかな景色が続いている。

車通りが全くないというわけでもないが、タクシーを捕まえるのは容易じゃないだろう。

とはいえ、少し歩けばバス停もありそうだ。バスに乗ってしまえばものの十分ほどで賑《にぎ》やかな駅前に出るとも聞いている。

「大丈夫です」

千鶴は曖昧《あいまい》に微笑《ほほえ》んで見せると、運転手から領収書を受け取ってタクシーを見送った。

あっけなく発車するタクシーが、鉄製の門に沿って這《は》わされた道を走っていく。

この道も私道なのだと、タクシーの車中で聞いた。

都心からぽっかりと抜け落ちたような小高い場所にあるこの地域全体が、この細やかなレリーフに縁取られた柵《さく》門の中にある屋敷の持ち主——三池《みいけ》家の土地なのだという。

まるで中世のお城か何かですかと聞きたくなるような装飾の付いた柵門の中央に立ち尽くして、千鶴は正面の屋敷を見上げた。

白茶色のレンガで造られた、これもまた中世のお城かと思うような立派な屋敷だ。

いくつもある窓はそれ自体が額縁のように大仰な装飾で囲まれていて、屋敷の端には小さな塔が設けられ、円錐《えんすい》状の屋根がついていた。

まるで囚《とら》われのお姫様でも住んでいそうな塔だ。あんなの、絵本の中でしか見たことがない。

千鶴は呆《ほう》けた顔で屋敷を遠巻きに仰ぎながら、あれを掃除するのは骨が折れるだろうなと考えていた。

大掃除の時なんて、窓拭《ふ》きだけで一日を終えてしまいそうだ。

屋敷の前には、門をくぐってからもしばらく歩かなくてはならないほど広大な庭園があり、いたるところに薔薇《ばら》の花が咲き誇っている。

白薔薇で造られたアーチ状の回廊なんて、その下を通ったらどんなにか夢見心地になるだろうかと、思わず惹《ひ》き寄せられる。

やはりこういう屋敷には、それに相応《ふさわ》しい庭師を雇っているんだろうか。

「……、」

千鶴は唾《つば》を飲み込んで喉《のど》を潤すと、ボストンバッグの中の茶封筒を漁《あさ》った。

茶封筒の中には、遺言書と、相続内容が記された書類がぎっしり詰まっていた。

ここに来るまでの間、千鶴はそれを何度も読んだ。

何度読んだところで、実感なんてわかなかった。わくはずもない。

今まで二十年間生きてきて、会ったこともない祖父の遺産を相続するだなんて。

しかも、総資産五億円超。

ケタが違いすぎて、よくわからない。

例えば、そのお金があったら一年前に亡くなった母のお葬式をもっとちゃんとあげてあげられたんだろうか。

しかし千鶴ひとりになってしまった今、そのお金があってもどう使っていいかもよくわからない。

わからないけど、悩んで悩んで、結局ここまで来てしまった。

三池家の嫡男が代々継ぐことが決められているという、この屋敷に。

千鶴は、早鐘を打っている心臓を抑えて、門に手をかけた。

その時――

「どちら様ですか？」

突然背後から声をかけられて千鶴は飛び上がりそうなほど、竦《すく》み上がった。

あと少しで情けない声をあげてしまうところだった。

女性の声をおそるおそる振り返ると、そこには、紺色のワンピースに白いエプロンをつけた女性が立っていた。

＊　＊　＊

弁護士を名乗る初老の男性が千鶴のアルバイト先のコンビニエンスストアに訪ねてきたのは、一週間前のことだった。

「失礼ですが、三池千鶴さんですか？」

「はい、……そうですが」

レジ前に立った物腰柔らかそうな初老の男性にそう尋ねられて、千鶴は頷《うなず》いた。すると彼は購入する商品の代わりに弁護士事務所の名前が刻まれた名刺と、茶封筒を差し出した。

「あなたのお祖父様《じいさま》が亡くなりました。遺《のこ》されたお屋敷を含む、総資産五億円を相続する権利があなたにはあります」

千鶴は言葉を失った。

一緒にレジに入っていた同僚アルバイトが、ぽかんとした顔で千鶴を振り返っている。

多分千鶴自身も、同じような間抜けな顔をしているのだろう。

「こちらに遺言書と、相続財産目録、相続に必要になる書類が一式、入っています。……どうぞ、あなたのものですよ」

レジ台の上の茶封筒を、彼がすっと前に進める。

封筒の頭の部分が制服を着た千鶴の体にあたって、止まった。

「あ、あの……でも」

頭がついていかない。

祖父がいたなんて初めて聞いた。

しかも、総資産五億円だなんて。

幼い頃《ころ》に不慮の事故で父を亡くして以来、母子だけで生活してきた千鶴にとって、お金のことを考えずに生活できるようになるならそれは嬉《うれ》しいことだ。

千鶴の学費こそ父の保険金で賄ってこられたけど、それでも贅沢《ぜいたく》はしてこなかったし。

五億円もあればこの先一生遊んで暮らすことだってできるだろう。そんな人生が自分に向いているとは思えないけど。

だけど、今まで会ったこともなければ、存在すら知らなかった祖父が亡くなったからって、遺産を譲り受けるなんて。

「あなたには遺産を受け取ることも、相続を放棄する権利もあります。中をご確認いただいてから決めていただいて結構です」

はぁ、と気の抜けたような返事が千鶴の唇から漏れた。

まるで、自分の声ではないように感じる。

いつものようにアルバイトをしていたはずなのに、突然異世界に迷い込んでしまったかのようだ。

「ただし、相続するにあたって条件がございます」

呆然《ぼうぜん》としたままの千鶴にピシャリと鞭《むち》でも打つように弁護士の声が響いた。

千鶴よりも先に、関係ないはずの同僚がゴクリと喉を鳴らした。確かに、ただならぬ様子ではある。

「条件……？」

「詳しくは中の遺言書に記載されていますが――」

弁護士はしゃがれた咳払《せきばら》いをひとつしてから、人差し指をぴんと立てた。

「遺産を相続するのであれば、お祖父様のお屋敷に引っ越していただきます」

お屋敷。

資産五億円の人が住む屋敷っていうのがどういうものなのか、千鶴にはにわかに想像し難かった。

この時には。

「それと、もうひとつ――」

千鶴が首を傾《かし》げていると、弁護士はもう一本、中指をそっと起こした。

「お屋敷に住まわれている宮生士郎《みやおしろう》様の面倒《めんどう》を見ていただくことが、条件です」

＊　＊　＊

屋敷の中は、外観から想像した通りの時代錯誤的な内装に彩られていた。

門の前で会った使用人に招き入れられた応接間には、カウチの目の前に豪奢《ごうしゃ》な暖炉があり、天井にはシンプルながらもシャンデリアと呼ぶのに相応しい照明器具がぶら下がっている。

よく目を凝らすと百合《ゆり》の模様が描かれた壁紙は、窓から明かりが差しこむだけで陽《ひ》だまりにいるような安堵《あんど》感をくれる淡い色をしていた。

千鶴は完全に借りてきた猫のように全身を硬直させて、室内に視線を彷徨《さまよ》わせていた。

「千鶴様、すみません。お待たせしてしまいましたか？」

やがてティーセットを運んできた女性が戻ってくると、千鶴は反射的にカウチを立ち上がった。

女性が、びっくりしたように千鶴を見る。

「あ、あああ、あの、はじめまして！　三池千鶴と――……」

「ええ、存じております」

女性はふっくらとした頰《ほお》をやわらげて、微笑んだ。

緊張でガチガチに固まった千鶴の前に、音もたてず高価そうなティーセットを準備していく。

漂ってくる紅茶の香りさえすごく高級そうだ。

「三池又造《またぞう》様にお仕えしておりました、高橋《たかはし》と申します」

カウチの前に立ち尽くした千鶴の前に一人分の紅茶を用意すると、改めて女性――高橋が、頭を下げた。

慌てて千鶴も腰を折る。

これっていわゆる、使用人というやつだろうか。

千鶴は妙な緊張で少しも落ち着くことがない心臓を抑えながら、高橋の顔をちらりと見た。

高橋は今、屋敷の主人を亡くして暇をもらっていたらしいと――柵門を入ってから屋敷の玄関に辿《たど》り着くまでの間に――聞いた。

千鶴は今まで、使用人とかメイドとか執事とか――そこまではいないみたいだけど、そんなものは漫画かアニメの世界にしかないと思っていた。

それがまさか、自分の目の前に現れるなんて。

もっとも、高橋は千鶴の使用人というわけではないけど。

「今日千鶴様がお屋敷にいらっしゃることは、三池家の顧問弁護士から伺っておりました」

おかけください、と高橋に苦笑されて、千鶴はギクシャクとカウチに座り直した。

でも、高橋は立ったままだ。

「あの、ええと……実は、今までこのお屋敷も祖父のことも知らなくて、その」

「存じております」

高橋は複雑そうに視線を伏せると、腹の前で両手を擦《さす》るように握り合わせた。

「千鶴様は、駆け落ちされた孝夫《たかお》様のご子息。三池家とは決別したもの、と私《わたくし》どもには関《かか》わらないよう言いつけられておりました」

「かけ……おち？」

両親の馴《な》れ初《そ》めを、千鶴は知らなかった。

ただ母方の両親はすでに他界していると聞いていて、父方の親族については尋ねもしなかった。

早くに亡くなった父のことを尋ねると、母が寂しがると思ったから。

だけど父は普通のサラリーマンで、薬品会社のラボに勤めていたらしい。

こんな遺産があるような家の出身だったなんて知らなかった。縁を切っていたのなら、当然か。

祖父も、駆け落ちした息子の家族なんて、どうでも良かったのかもしれない。

そんな祖父の遺産を相続するなんて――。

生前、一目でも会って話でもしてくれたら千鶴だってこんなに驚かずに済んだし、いろんなことも聞けたのに。

自身の両親を早くに亡くしていた母は、父を亡くしてからというもの、身寄りもない中女手ひとつで千鶴を育ててくれた。

もし祖父がいてくれたら、お金なんかじゃなくて、母の精神的な支えになったかもしれないのに。

「しかし又造様がお亡くなりの際、私どもは千鶴様に遺産が相続されるということを聞かされておりましたので」

「僕は」

千鶴は膝《ひざ》の上できつく拳《こぶし》を握りしめた。

「……まだ相続するなんて、決めていませんから」

弁護士にも、そう言ってある。

遺産相続を放棄するには三ヶ月以内に手続きが必要だから、それまで屋敷で暮らしてみて、その上で決めると。

今思えば、そう言って正解だった。

困らせてしまったかと思って高橋の顔を盗み見ると、高橋は微笑んでいた。

「あの、高橋さんは……もし、僕がこのお屋敷を手放す、なんてことになったら……？」

職を失う、ということになるのだろうか。

胸をざわつかせた千鶴が身を乗り出して尋ねると、高橋はゆるく首を振った。

「私ども使用人は、又造様がお亡くなりになった際に一度任を解かれております」

そういえばさっきから高橋は「私ども」と言っている。

もしかして祖父の生前には使用人が何人もいたのだろうか。

お金持ちってこわい。

千鶴は高橋の言葉に頰を引き攣《つ》らせて、「はぁ」と短く答えた。

「今は週に一度、お屋敷の手入れに上がらせていただいて、千鶴様がこちらでお過ごしになるようであれば、必要な限りそのお手伝いをしたいと思っております」

住み込み、というわけではないのか。

千鶴は高橋の顔を仰いでちょっとした寂しさを感じた。

母を亡くして以来、千鶴はずっと一人暮らしだった。また誰《だれ》かと暮らすことがあれば——。

千鶴は高橋の言葉に違和感を覚えて目を瞠《みは》った。

「あ、——でも」

遺産を相続するための、二つ目の条件。

「祖父の遺言書には、僕に宮生士郎くんの面倒を見るように、って書かれていたんですが……その子は？」

住み込んでいる使用人がいないなら、彼はたった一人で暮らしているのか？

義娘や実の孫を放《ほう》っておいてよその子供と暮らしているなんてどうかと思うけど、その子供には罪はない。

千鶴に面倒を頼むくらいだからまだ小さい子なんだろう。それなのに。

まだ見たこともない子だけど、千鶴は心配になってカウチを立ち上がった。

「士郎様は……」

高橋が急に反応に困ったように、視線を彷徨わせた。

なんだか、妙な反応だ。

そういえば使用人がいるのに千鶴に面倒を頼むなんていうのもおかしな話かもしれない。

遺産を相続するために出された条件は二つと言われたけど、実際のところ、士郎という子供の面倒を見るために千鶴は引っ越して来いと言われたようなものだ。

もしかしたら、使用人の手にあまるような子供なのだろうか。

「士郎様は、私ども使用人とは関わり合いになりません」

「え？」

祖父が亡くなったのは、先月のことだ。

それ以来、使用人の手も借りず、どうしているというのだろう。

「士郎様はこのお屋敷にいらしてから一度も、私どもを寄せ付けようとは致しません」

千鶴の頭には、癇癪《かんしゃく》を起こす乱暴な子供か、あるいは祖父が使用人を遠ざけようとしていたのか、二つの可能性が浮かんだ。

どちらもあまりゾッとしない。

特に、癇癪を起こすような子供だったら千鶴だって手を焼くだろう。

とはいえ、子供に罪はないから施設に送ったりなんてしたくはないし。

「それじゃあ食事とかはどうされてるんですか？」

「お食事は厨房《ちゅうぼう》に作り置いたものを召し上がられているようです。入浴も、朝方にお一人で」

千鶴は高橋の言葉に呆然として、言葉を失った。

自立しているといえば聞こえはいい。

でも、祖父もどうしてそんなことを許していたのかと疑問が残る。

「屋敷に来てから……って――いったい、士郎くんは何歳の頃に、この屋敷に？」

高橋が、あぁ、と突然高い声をあげて手を打った。

「？」

「士郎様が又造様に連れられてこのお屋敷にいらしたのは、五つの時です。――それ以来、二十年間ここでお過ごしでいらっしゃいます」

千鶴は、言葉を失った。

気難しそうな子供のイメージが、音を立ててガラガラと崩れ去っていく。

二十年間？

ということは、今、二十五歳じゃないか。

千鶴と母のことは放っておいたくせに、他《ほか》の子供の面倒を見ていたってことだろうか？

その上、その子――千鶴より年上だからその人、か――の面倒を千鶴がみる、だって？

一体なんだって、自分より年上の男の面倒をみなきゃいけないんだ。


士郎の部屋は、塔の部分にあるのだという。

屋敷の一番東側にある塔は、一階から四階まですべて士郎が使用しているらしい。

千鶴が屋敷の外側から見た、あの塔だ。

囚われのお姫様でもいるみたいだと思ったけど、実際は引きこもりの男性がいるみたいだけど。

塔と屋敷は区切られているわけではなく、廊下でつながっている。だけど使用人は、士郎の居住区に立ち入ることを禁じられていた、と高橋は言った。

士郎は塔に隔離されているのかと聞くと、決してそうではないという。

使用人が屋敷にいる時から厨房に食事を取りに来たというし――ただし、みんなが寝静まった夜更けに――、今は厨房で自分で料理を作ってるようだ、とも。

士郎がこの屋敷に来た時にその塔に住むことを選び、以来、千鶴の祖父以外の立ち入りを嫌がったのだそうだ。

それを、祖父も許してたというんだからたちが悪い。

使用人さえ二十年間関わりあうことのできなかった士郎に、今日突然やってきた千鶴なんかが会えるわけがない。

士郎の面倒を見られなければ、条件を満たすことができない。

そうなれば、自然と相続を放棄せざるを得ないだろう。

「はぁ……」

千鶴は塔に続く長い廊下を一人で歩きながら、重いため息を吐《つ》いた。

なんだかどっと疲れてしまった。

五億円の遺産を相続できるなんて、とアルバイト先のみんなは快く千鶴を送り出してくれたが、突然五億円なんて言われても正直現実味がない。

相続できるかもしれない五億円よりも、明日口座に振り込まれる十二万円の給料の方が千鶴にとってはよほど嬉しい。

毛足の短い絨毯《じゅうたん》が敷かれた廊下が、急に大理石の床に変わった。

ここから士郎の居住区ということか。

塔の中央は一階から吹き抜けになっていて、円錐状の屋根まで続いている。

吹き抜けを囲んで丸く廊下が張り巡らされ、各階に大きな扉がいくつも見えた。

階段や、吹き抜けを見下ろす手すりには植物モチーフの装飾が施されて、いちいち荘厳だ。

士郎は普段、三階の一番大きな部屋で過ごしているらしい。

千鶴は緊張に足音を潜めながら、二階から三階へ伸びる螺旋《らせん》階段を慎重に上がった。

「誰だ」

静けさに、知らず息を詰めるようにして歩く千鶴の耳に、低い声が聞こえた。

——ような気がした。

幻聴かと思うほど、微《かす》かな声だ。

千鶴は足を止めて、周囲を見回した。当然、誰もいない。

目的とする士郎の部屋の扉は、階段の上に見えている。濃い色をした木製の扉で、いかにも重厚そうだ。

千鶴が足を止めてしばらく耳を澄ませていても、人の気配は感じない。やはり幻聴だったのだろうか。

再び千鶴が一段上がると、再び人の声が響いた。

「誰だ、と聞いている」

千鶴は竦み上がった。

そういえばこの塔に入ってから、廊下に窓が見当たらない。

陽の差し込まない石造りの塔はひんやりとしていてどこか薄暗く、幽霊でも出てきそうな雰囲気だ。

千鶴の前に祖父の幽霊でも出てくるなら文句の一つでも言ってやりたいところだが、声の主《ぬし》は若そうだ。

この時代錯誤的な屋敷は戦後に建てられたものだというから、その間に若くして亡くなった当主もいるかもしれない。そういった当主の幽霊だろうか。

「——……千鶴か？」

千鶴が息を潜めていると、また声が響いてきた。

自分の名前を知っている幽霊？

千鶴はぎこちなく周囲を見回しながら、小さく肯《うなず》いた。

「は、……はい。そう……ですけど」

どこに向かって喋《しゃべ》ればいいのかもわからない。千鶴はこわばらせた体を縮めて、早くこの場から逃げ出したい気持ちでいっぱいだった。

「あの、……士郎く、ええと、……士郎さんに、会いに」

「入れ」

低く、微かな声が囁《ささや》くように言った。

すると突然、階段上の扉が開いた。

軋《きし》む音を立ててゆっくりと開く扉は、まさに幽霊屋敷そのものだ。

しかし——扉の中に立っていた男の姿を見て、千鶴は呼吸を忘れた。

廊下とはうってかわって豊かに陽の差し込む大きな窓を背に、男は立っていた。

長身で細身、体の線が出るシンプルな服を着たその男は、触れたら露になって消えてしまいそうなほど白く、透明感があった。

その中に切れ長の眼《め》が光る。

双眸《そうぼう》を細めるその表情に、千鶴は息を小さくしゃくりあげた。

「お前が千鶴か」

声の主は、この男で間違いないようだった。扉を隔てていたせいで声がくぐもって聞こえたのだろう。

「は、……はじめ、まして」

この男が士郎だろうか。

千鶴が無意識の内に想像していた、頭がボサボサ、髭《ひげ》も生え放題の不潔そうな男の想像が消し飛んでいく。

「遅かったな」

「遅か……って、え？」

目を瞠った千鶴が顔を上げると、男は既に踵《きびす》を返して千鶴に背を向けていた。

部屋の中に戻っていく。扉は開け放ったままだ。

……入ってもいいということだろうか。

千鶴は辺りを窺《うかが》いながらおそるおそる扉を潜った。

扉を閉めたほうがいいのか、開けておいたほうがいいのか、わからない。

助けを求めるように男を見ると、男は窓辺の、籐《とう》でできた椅子《いす》に腰を下ろして悠然と足を組んでいた。

「あの、……宮生士郎さんです、か」

部屋の中は殺風景なほど物が少なく、しかし綺麗《きれい》に保たれている。

広い部屋の半分ほどがガラス張りになっていて、さっきまでいた薄暗い階段とはまるで別世界だ。

壁には淡い色のクロスが張られていて柔らかい雰囲気があるし、窓からは庭園の薔薇が見下ろせる。

この屋敷の中で一番いい部屋なんじゃないかとさえ思った。

「あぁ。……千鶴、何をしてる？　こっちに来て座れ」

男が白いシャツを纏《まと》った腕を擡《もた》げて、正面の椅子を指す。

まるで空気を揺らさないような穏やかな動きに、千鶴は思わず見惚《みほ》れそうになった。

しかしすぐにはっと我に返って、椅子に歩み寄る。

椅子のそばには千鶴が今まで見たこともないような天蓋《てんがい》付きのベッドがあって、他には小さなチェストと壁際の木製机、大きめの本棚以外、室内には私物らしい私物がひとつもない。

本当にこんなところで二十年暮らしていたのか、と思うほど。

「あの、……僕が来ること、ご存知だったんですか」

籐の椅子に腰を下ろすと、その柔らかな座り心地に驚いた。

きっと高級なものなんだろう。千鶴が椅子の上で身を縮こまらせながら士郎を窺うと、士郎は肘掛《ひじか》けに頬杖《ほおづえ》をついて、千鶴を値踏みするように眺めていた。

透き通った、ガラス球のような瞳《ひとみ》だ。

「知ってたよ。博士が、そう言っていたからね」

「……博士？」

千鶴は士郎から向けられる視線の居心地の悪さも一瞬忘れて、目を瞬《まばた》かせた。

「この屋敷の前の当主だよ。名前は、三池又造、っていったかな」

一瞬、士郎が視線を伏せた。

長い睫毛《まつげ》が目に影を作ると、さっきまでキラキラと煌《きらめ》くように光っていた双眸が陰って、急に淋《さび》しげな表情になるようだ。

「又造は、僕の祖父……みたいなんですけど」

博士？

千鶴の父は会社で研究職に就いていたから、博士と呼ばれていたみたいだけど。

——祖父も？

「そうなのか？　博士は、千鶴を自分の孫だと言っていた」

再びひょいと千鶴の顔を見遣った士郎の表情は、どこかあどけなく見えた。

なんだか、表情のころころ変わる人だ。

千鶴は戸惑いながら、ぎこちなく肯いた。

「はい、僕の祖父だから……祖父から見たら、僕は孫、ってことに……」

「ふぅん、そうなのか」

よくわからない人だ。

会って数分とはいえ、印象がこんなに定まらないのも珍しい。

最初は少し威圧的な人なのかと思ったのに、急に淋しそうな顔を見せたり、かと思えば純朴そうにも感じられる。

使用人を近付けないと言っていたわりには、千鶴はどこか歓迎されているようでもあるし。

「あの……それで、僕は祖父に士郎さんの面倒を見て欲しいって……頼まれたん、ですけど」

こんなことを本人に言うのもどうなのかと思う。

千鶴は士郎の顔色を窺いながら慎重に切り出した。

見たところ士郎は立派な成人男性のようだし、使用人の手を借りずに生活しているようだ。生前は祖父が面倒を見ていたのだとしても、祖父がなくなってから一ヶ月余り、不自由なく過ごしているようだし。

何を面倒見たらいいのかも、わからない。

もしかしたら彼の面倒を見るべきだと思っているのは祖父の思い違いなのかもしれないという可能性もある。

祖父がどんな人だったのかも知らないし。

「そうか」

しかし予想に反して、士郎はあっさりと肯いた。

「え？」

面倒を見るって、それを受け入れるのか。

千鶴は少なからず戸惑った。

「なんだ、その顔は？　千鶴が博士の代わりに俺の面倒をみてくれるんだろう？」

呆然とした千鶴の様子を訝《いぶか》しむように、士郎が眉根《まゆね》を寄せた。

「あっ、ええと……実は僕は、祖父に一度も会ったことがなくて――だからその、士郎さんの面倒って、一体どういうことなのかっていうのを――」

もしかしたら金銭的な意味で「面倒を見る」ということなのかもしれない。あるいは士郎が持病でも抱えているのか。

面倒を見るのなら、それを知っていなければならない。

少なくとも、士郎が祖父に面倒を見てもらっていた、ということは確かなようだ。

「どうって、……」

士郎が胸の前でゆるく腕を組んで、ふと口を噤《つぐ》んだ。

首を竦めた千鶴が続く言葉を待って上目に士郎を窺っていると、士郎がすっと双眸を細めた。

その瞳が、わずかに金色に輝いたような気がする。

「？」

まさか。

千鶴が思わず目を凝らして士郎の瞳を覗き込もうとしたその時、士郎が椅子を立ち上がった。

「お前は、どう面倒を見てくれるつもりなんだ？」

「——え？」

士郎の影が、千鶴の目の前を覆う。

気付くと目の前に立っていた士郎の手が、その姿を仰いだ千鶴の顎《あご》を掴《つか》んだ。

「俺の面倒を見てくれるんだろう？」

士郎の低い声が近付いてくる。

目を瞠った千鶴の目には、やはり士郎の瞳の色が違って見えた。

瞳孔《どうこう》が細くなって、金色だと思った眼は左目だけで——もう片方は、青みがかって見える。

「!?」

さっきまでは、そんな色じゃなかったはずだ。

千鶴がその透き通った眼を見つめてあっけにとられていると、——唇を塞《ふさ》がれた。

「っ！　ちょ……っ、何を、するんですかっ!?」

慌てて椅子の上で身を引くと、背凭《せもた》れに体を押し付けるようにして縮こまる。

顎を掴んでいた士郎の手は容易に外れたが、士郎は千鶴を椅子の上に閉じ込めるようにして立ち塞がったままだ。

何が起こったのか、理解できない。

唇の表面には柔らかい感触が残っているけど、キスをされただなんて思ったのは千鶴の勘違いかもしれない。

心臓がうるさいくらいに跳ね返っている。驚いたせいだ。

「何って、……キスだ。逃げられたけど」

士郎は椅子の背凭れに手をついて千鶴を閉じ込めたまま、身を屈《かが》めると更に追い詰めるように顔を寄せてきた。

光の差し込む窓に背を向けた士郎の顔は、逆光になって暗い。それなのに、眼の色だけは爛々《らんらん》と光っているように見える。

「キ、——キス、って……！」

椅子から降りて、逃げ出さなきゃいけない。

そう思うのに、包み込むように肘掛けと座面が一体化した籐の椅子からは逃げ場がない。

「逃げるなよ」

士郎の声が、耳元で響いた。

ざらついた、妖《あや》しげな声だ。不思議と甘くて、優しいかのように感じる。

その唇がそのまま千鶴の耳朶《じだ》にかかる髪を避け、精一杯肩を窄《すぼ》めて丸くなった千鶴の耳の付け根をちゅっと吸い上げた。

「……っ、」

くすぐったいようなむず痒《がゆ》いような、妙な感覚が千鶴の背筋を走った。

「面倒。……みて、くれるんだろう？」

士郎の手が、強張《こわば》った千鶴の首の下に滑りこんできて、震える顎先をあやすように撫《な》でる。

「ちょ……っやめて、くだ、さ……っ僕は、そういうつもり、じゃ」

士郎を突き飛ばせば、逃げられるかもしれない。でも妙なわななきが体中を巡っていて、体が思うように動かない。

士郎の唇は何度も千鶴の肌を啄《ついば》んで、耳の付け根から頬へと近付いてきている。甘い吐息も弾んで、千鶴がしゃくりあげた息に交じる。

「震えてるな。そんなに怖がらなくていい。……気持よくしてやるから」

指先が千鶴の首から、鎖骨へと流れるように滑りこんでくる。ともすればそのままシャツの中に入ってきそうで、千鶴はきつく膝を抱き寄せた。

こんなの、絶対に駄目だ。

駄目だと思うのに、不思議と嫌悪感がわいてこない。それどころか、妙に下肢からこみ上げてくるものがある。士郎の唇が、優しすぎるせいかもしれない。

「気持よく、って……！」

そんなこと望んでませんから、と言い返そうとした唇に、士郎の唇が触れた。

「ん、――……っ！」

いやいやと首を振ると掌《てのひら》でやんわりと肩を摑まれて、椅子の背凭れに押さえつけられる。

ギッと籐の軋む音がした。士郎が片膝を椅子の上に乗せたのかもしれない。

士郎は千鶴の唇の表面を二、三度撫でるように啄んだ後で、唇の感触を確かめるようにそっと吸い付いてきた。

肩を押さえる手を振り解《ほど》こうとして千鶴は士郎の腕を摑んだが、びくともしない。

細く見えた士郎の腕は、触れてみると意外なほど筋肉質だった。

士郎はざらついた舌を覗かせると、千鶴の唇の内側を丁寧に舐《ねぶ》ってから、歯列の上へ走らせた。

「んっ……！　や、だ……っ」

士郎はからかっているだけなのかもしれない。

それなのに千鶴の顔には血がのぼって、頭がぼうっとしてくる。

士郎が唾液《だえき》を啜《すす》る音をちゅっちゅと響かせながら千鶴の歯列を割ろうとすると、食いしばった歯が緩んでしまいそうになる。

合わせた唇で、士郎が少し、笑ったような気がした。

「！」

やっぱり、からかっているんだ。

かっとなった千鶴が思いきって士郎を突き飛ばそうと、士郎の腕を離した瞬間――その手が、千鶴の胸の上へ潜り込んできた。

「ひ、ぁ……っん！」

士郎の指先が胸の上を撫でたかと思うと、全身に甘い痺《しび》れが走って、体がビクビクっと震えた。と同時に、自分でもびっくりするようなうわずった声が漏れた。

「！」

驚いたのは千鶴だけじゃなかったようだ。

ただ千鶴をからかっただけの士郎も、その声に弾《はじ》かれたようにバッと顔を引いた。

唾液が糸を引いて、唇が離れる。

千鶴はまるで女の子みたいな声をあげてしまった自分の唇を慌てて掌で押さえて――体を離した士郎を見た。

「――……、」

そして、言葉を失った。

士郎もまた、濡《ぬ》れた唇を手の甲で隠していた。自分で仕掛けたことのくせに、白く透き通った肌が上気している。

しかし、千鶴には士郎の表情を観察している余裕はなかった。

「――……士郎さん、それ……なんですか？」

自分の濡れた唇を覆っていたのも忘れて、おそるおそる、士郎の頭上を指さす。

濡れたような黒髪の士郎の頭上には、真っ白な、猫耳が生えていた。

「……お前が急に変な声出すからだろ」

むっとしたように顰《しか》めた顔を逸《そ》らして、士郎が唸《うな》った。

「変な声って……」

千鶴が変な声を出すと猫耳をつける、という意味がわからない。

よく見ると、椅子から飛び退《の》いた士郎の腰辺りには、同じように白い尻尾《しっぽ》が揺れている。先端が小さく揺れていて、――おもちゃにしては、精巧な動きだ。

「あの……それ、――ホンモノ、ですか？」

まさかそんなはずはないと思いつつも、千鶴は気づくと椅子から身を乗り出していた。

さっきまでは椅子の上でできるだけ身を小さくしていたのに。

士郎のその白い肌によく似合った真っ白な猫の耳は、さっきから忙《せわ》しなくぴくぴくと震えている。

無意識のうちに千鶴は、士郎に手を伸ばしていた。

「だったら何だ？」

ジロリ、と士郎が千鶴の好奇心に満ちた顔を睨《にら》みつけた。

その瞳の色はやはり金色と青色のオッドアイで、瞳孔は縦に細長く研ぎ澄まされている。さっきのは、見間違いではなかったのか。

耳が不意に緊張したようにピンとして、低く寝そべる。尻尾も心なしかけばだって、太くなったようだ。

「見世物にでもするつもりか、それとも人体実験か？　……博士の遺産じゃ飽き足らず、俺《おれ》を売り飛ばすつもりか」

「売り飛ばすだなんて……！」

士郎の剣幕に驚いて千鶴は慌てて手を引っ込めた。

ふんと顔を逸らした士郎が、怒ったように乱暴な仕草で正面の椅子に戻ってしまった。

もう口を利くつもりはないとでも言うようにそっぽを向き、唇を噛《か》んでいる。

しかし耳はどんどん下がってきて、尻尾は士郎の長い足に纏わりつくようにピタリと寄り添っている。

「――あの、……」

千鶴は椅子から立ち上がって、士郎を刺激しないように控えめに声をかけた。

士郎の返事はない。顔もそっぽを向いたままだ。

でも、耳が片方、こちらを向いた。

「僕は、祖父に士郎さんの面倒を見るようにって頼まれたんです。だから、売り飛ばしたりなんてしませんん」

「どうだろうな」

吐き捨てるように、士郎が言った。その唇からは鋭利な牙《きば》も見える。

さっきまでは――少なくともキスをされた時は、そんなものがあると感じなかった。耳や尻尾と一緒に出てきたのだろうか。

猫の耳や尻尾が生えてくるなんて、にわかには信じ難いけど。

「お前は博士に会ったことがないんだろう？　会ったこともない人間からの頼まれごとなんて、どうでもいいんじゃないのか」

「それはそうですけど……」

「人間なんて、信用できるか」

視線を伏せた千鶴の視界の端では、士郎の尻尾の先端が小さく揺れている。

猫は不安を感じると尻尾を自分の体に巻き付けるようにするし、小さく揺れている時は気が小さくなっている時だ。

千鶴はなんだか、士郎を腕の中に抱きしめたくなってきた。

士郎を売り飛ばす気なんてない。だから大丈夫だよと安心させるように。

「僕は両親を亡くして、他に身寄りもないんです。おじいちゃんがいたなんて、確かに遺言書が届けられるまで知らなかったけど……生きてる間に会えなくても、おじいちゃんには変わりないから。おじいちゃんが僕に遺してくれた頼みだから、ちゃんと聞いてあげたいと思ってます」

士郎の耳がこちらを向いている。

尻尾も、力が解けて落ち着いているようだ。椅子の下にだらんと伸びて、揺れ幅も大きく、ゆっくりになってきた。

少しは、信用してもらえたのかもしれない。相変わらずこちらは向かないし、表情は険しいままだけど。

千鶴は士郎の反応を窺いながら、ゆっくりと士郎の椅子に歩み寄った。

逃げ出そうとも、来るなとも言われない。千鶴は思いきって、その耳に手を伸ばしてみた。

その時。

唇をへの字に曲げた士郎が口を開いた。

「触りたいのか？」

「！」

慌てて引こうとした千鶴の手を、士郎に捕らえられた。

あっと声を上げる間もなく、椅子に掛けた士郎の膝の上に引き倒される。

「……っ、あ、あの」

慌てて顔を上げると、すぐ間近に士郎の顔があった。

こうして見ると、士郎の肌の色は青白いほどに真っ白で、庭に咲いていた純白の薔薇を思わせた。

鼻筋はすっと通っていて、鼻のてっぺんは少しツンと上を向いている。唇は薄く、白い肌に馴染むように血色も薄い。

眦《まなじり》の釣り上がった切れ長の眼は瞬きを忘れそうなほど綺麗で、その眼に映った千鶴の顔は赤く染まってるように見えた。

「物珍しそうな顔をしてる」

千鶴の肌の表面を優しく撫でるような声で、士郎がおもむろに囁いた。

「気を悪くしたら、ごめんなさい。その……」

耳はまるで本物の猫のようによく動いてるし、眼だってこんな間近で見つめ返してもとてもカラーコンタクトには見えない。

ヒョイ、と千鶴の目の前に白い尻尾が差し出された。

士郎が腰につけた——本当に生えているように見える——尻尾を摑んで、千鶴の前で振ってみせる。

「触ってみるか？　ニセモノかどうか」

目の前を右に左に揺れるふわふわの純白尻尾を見つめてから、千鶴は士郎の顔を盗み見た。

千鶴を軽々と膝の上に抱きかかえた士郎は、さっきまでの怒ったような表情なんてどこへやら、まるで誇らしげな子供のような表情を浮かべている。本当に、ころころと表情の変わる人だ。

見せびらかすように振られた尻尾に、千鶴はおずおずと手を伸ばしてみた。

もしこれが本当に士郎から生えているものだったら、温かいんだろうか。

これをギュっと握ったら、士郎はまた怒るのか。

士郎は人間なんて信じられないと言ったけど、士郎はつまり、人間じゃないということなのか。あるいはそれも、ただ千鶴をからかっているだけなのか——。

ごくん、と喉を鳴らして千鶴が士郎の尻尾に触れようとした、その寸前。

士郎が、その尻尾を遠ざけた。

「あ」

思わず士郎の顔を仰ぐ。

士郎は意地悪な笑みを浮かべて千鶴を見下ろしていた。

「猫の尻尾は敏感なんだぜ？」

聞いたことはある。

感情表現の豊かな猫の尻尾は、それだけ筋肉も神経も発達している、らしい。

母子暮らしの千鶴はペットを飼えたことなんてないけど、小学生の時はいつも生き物係に立候補して、ウサギや鶏《にわとり》や近所で飼われている犬や猫も、大好きだったから。

だから、――こんなに綺麗な純白の猫がいたら、触りたくなるに決まってる。

「じゃあ、耳」

千鶴が思わず言い返すと、士郎が驚いたように目を瞬かせた。

それからゆっくりと双眸を細めて――細めながら、千鶴に顔を寄せてくる。

「そんなに俺に触りたいのか？」

「そ、……そういう訳じゃないですけど」

「触ってもいい」

千鶴の低い鼻に吐息がかかるほど唇を近く寄せた士郎が、どこかうっとりするような声で囁いた。

士郎の手に促されて、千鶴は椅子の肘掛けを摑んだ。それを上からぎゅっと拘束される。

「……その代わり、俺もお前を触るけど」

「触る……って、」

窮屈な椅子の上で膝の上に乗せられたままこんなに顔を寄せて言われたら、どうしたって心臓がバクついてしまう。

それでなくても士郎の顔は、一目見ただけで息を呑《の》むほどよく整っている。

低い鼻がコンプレックスで、子供の頃からずっと女みたいだとか童顔だとしか言われてこなかった千鶴には、目の毒だとしか思えないほど。

「――ちょっ、……どこ、触ってるんですかっ」

思わず士郎の顔に見惚れた千鶴のシャツの中に、士郎の手が潜り込んできた。

驚いてその手を抑えながら、身をよじる。籐の椅子がまた、ギッと軋んだ。

「さっき、ここを触ったらイイ声が出ただろう」

首を竦めた千鶴の頬を、士郎の唇が撫でるように滑る。千鶴は、力なく首を振った。

「それは、急に変なところを、触られたから……っ」

「そうか？　じゃあ今度は突然じゃなく触ってみるか」

士郎の形の良い唇が口角を上げて、美しい弧を描く。

意地悪な笑顔だ、と思うのに――何故《なぜ》だか、千鶴の肌は粟立《あわだ》った。

意地悪だとは思うけど、――嫌悪感はない。

「千鶴、触るぞ」

士郎の濡れた声が耳元に吐きかけられた。

「だ、だめです……っ！　どうして、こんなこと、っ……！」

千鶴は士郎の膝の上から逃げ出そうとして、足をばたつかせた。

自分の体がどうなってしまったのか知らない。なんだかひどく胸がドキドキする。

こんなこと、するべきじゃないのに、抵抗できない。

シャツの中の手を抑えようとする千鶴をものともせず、士郎の指先が千鶴の乳首の先端に触れた。

「イ……っんぁ、あっ……！」

ビクンッ、と千鶴の体が大きく跳ねて、上体が仰《の》け反《ぞ》る。

千鶴の意志に関係なく。

「ほら、やっぱりな。いやらしい声が出た」

「ぁ、や……っやめ、っ」

シャツ越しに士郎の手を引っ掻《か》いて剝《は》ぎ取ろうとするのに、力が入らない。

士郎は一度捉《とら》えた千鶴の乳首を、人差し指と親指でやんわりとつまみ上げて刺激してくる。

「やだ、……っやだぁ、離し、……やめて、くだ、さっ……！」

士郎の指先が動くたびに、千鶴の体には電流でも流されたみたいに甘い疼《うず》きが走って、じっとしていられない。

士郎の膝の上で身をもじつかせながら、千鶴は泣きじゃくるような声をあげていた。

「嫌だね」

耳に濡れた感触が走った、と思うとちゅうっと吸い上げられた。

「――……っ！」

ざらついた舌が千鶴の耳穴を擽《くすぐ》ると、また下肢がビクビクと反応してしまう。

千鶴は押さえつけられた手で椅子の肘掛けをすがるように握った。

「俺の前でちょこまかと動きまわった責任をとってもらう」

耳元で士郎の息が弾んでいる。

千鶴の腰の下で、熱が首を擡げているのがわかった。

「！」

それが何か意識する前に、反射的に体が強張る。

すぐに察したように士郎が千鶴の腰を強く抱き寄せた。

「責任、って……」

震える唇でこわごわ尋ねて、士郎の顔を窺う。

「面倒、みてもらうぜ？」

妖艶《ようえん》なまでに美しく微笑んだ士郎の唇に、鋭利な牙が覗いていた。


「ひ……っぅ、や……もう、やめ……っ」

放り投げるように運ばれたベッドの上で、千鶴はなんとか士郎の下から逃げ出そうとシーツを蹴《け》った。

しかし、その足にも力が入らない。

千鶴をベッドに組み敷いた士郎は、さっきから千鶴のシャツをまくり上げては、指先で勃《た》ち上がらせた乳首を舌で転がしている。

「や、っぁ……やだ、——……っだめ、」

最初は払い除《の》けようとして伸ばした手で、気づくと千鶴は士郎の頭を抱くようにしている。

眼下で白い猫耳が揺れる。それがカチューシャや特殊メイクの類《たぐい》じゃなく、本当に地肌から生えているものなのか確かめる余裕も、今はない。

「敏感だな。経験があるのか？」

「——っ！　そっ、そんなの、あるわけ……！」

思わず言い返してから、千鶴は慌てて口を噤んだ。

士郎は別に男性との経験、とは言ってない。

実際は、女性とこんな経験をしたこともないのだけど。

「ふぅん、そうか」

にやり、と士郎が千鶴の胸の上で笑った。

「別にいいじゃないですかっ、僕がどうでも——……っ」

弾む息を抑えて士郎の肩を押し、体を引き抜こうとすると、不意に腰を撫でられた。

「っ、」

「気にするな、経験なら俺にもない」

ひくっ、と千鶴の喉が震えた。

それはそうだ。士郎は二十年間この屋敷に引きこもってるんだから。

それなのに、同じ未経験なのに、どうしてか千鶴に触れる士郎の手は慣れているような気がしてならない。

「――……、」

知らず、千鶴は疑わしげな目を向けていたのかもしれない。

千鶴の視線に気付いた士郎が顔を上げると、ふっと短く笑った。

「！」

ドッと心臓が跳ねる。

こんな時に、こんな距離で、そんなふうに笑うなんて、卑怯《ひきょう》だ。

こんなのただの痴漢なのに。

千鶴は熱くなった顔を背けて、唇を噛んだ。

千鶴の胸から頭を下降させた士郎が、千鶴のベルトを解き、ジッパーを下げる。

士郎の手に掬《すく》い出された千鶴のものは、既に硬く反り返っていた。

「……っ！　ぁ、っちょ……見ない、でくださっ……！」

慌てて遮ろうとした千鶴の手を、士郎が押さえこむ。

下着ごと触られただけでも消え入りたくなるくらい恥ずかしいのに、それを取り出すなんて。

「……っ士郎、さ、っやめ……っ！」

ベッドを這《は》い上がるように体をずり上げようとする。でも、腕に力が入らない。

士郎が、剝《む》き出しにした千鶴の屹立《きつりつ》にちゅうっと音を立てて口付けた。

「あ、はっ……！」

がくがくと、全身の力が抜けていく。

「すごいな、少し吸い付いただけでもう汁が溢《あふ》れてきた」

「や……っそんなこと、言わな……って、」

士郎の顔を見下ろすことができなくて、千鶴は腕で顔を覆った。

嫌だ、嫌だと口で言っても——実際、こんなことしちゃいけないと思うのに、士郎に触れられた腰が、ひとりでに揺らめいてしまう。

天井から吊《つ》るされた長い天蓋に包まれているせいで、どこか現実感もなくなっているのかもしれない。

じゅる、と啜るような音が聞こえたかと思うと、千鶴の下肢に今まで感じたことのない快感が走った。

「んぁ、っ……あ、あっ……あ、！」

ビクビクっと腰が跳ねると、千鶴のものを銜《くわ》えた士郎に突き出してしまう格好になった。

慌てて身をよじっても、士郎に乱暴に抑えこまれる。

「んぁ、やだ……ぁっン、ぅ……ぁ、あ……っあ」

ちゅぷ、ちゅくと粘ついた水音をあげながら士郎が喉を鳴らして千鶴のものを喉の奥へ吸い上げ、横様に舐って、舌の上で転がす。

「あ、あっ……んぁ、あっ……士郎さん、だめ、ぁ、あっ……そんな、にした、ら、ぁっ」

千鶴は逃げ出すことも忘れて、シーツを力いっぱい握りしめながら背を仰け反らせて悶《もだ》えることしかできなかった。

士郎のざらついた舌が千鶴の亀頭《きとう》を撫でるたび、どうしようもないわななきが背筋を駆け上がって、頭を真っ白にしてしまう。

「気持ちいいのか？」

士郎が下肢で低く囁く声の振動ですら、千鶴の性感を悶えさせる。

「ぁ、……っは、ぁ……っ、」

千鶴は無意識のうちに、小さく肯いていた。

だってそんなところを他人に触れられたのも初めてで、そんな唾液まみれになるほど舐《な》められたりしたら――気持ちよくなってしまうのは、当然だ。

千鶴はベッドの上に立てた膝を擦《こす》り合わせそうになって、だけどそんなことをしたら士郎の頭を挟み込んでしまう。

歯噛みするような気持ちで千鶴がちらと下肢の士郎を盗み見ると、士郎と目があった。

「！」

慌てて顔を背け、頬をベッドに埋《うず》める。

しかし士郎は察したように、千鶴の腿《もも》へ掌を滑らせた。

「――……っ！」

デニムの上から撫でられただけなのに、肌が粟立つ。

千鶴が首を竦めていると、撫で上げた千鶴の足から、士郎がパンツを引き抜いた。

「あ、っ……ちょ……っ！」

足をばたつかせても、もう遅い。

士郎は有無をいわさず千鶴の下肢をあらわにしてしまうと、暴れる右足を自分の肩に抱え上げた。

「人間の交尾ってのは、服を脱いでするんだろう？」

士郎の手が、千鶴の素肌の上に滑る。

「交尾、って……！　そもそも交尾は、オスとメスで、するもので……っ」

千鶴は、男なのに。

そう続けようとした声が途中で遮られた。

「――ン、っ……」

足を抱えられたまま、体をのぼってきた士郎に口付けられる。

苦しい体勢のはずなのに、どこか落ち着くような気持ちもした。

士郎の体温のせいかもしれない。重ねた体から伝わってくる士郎の体は熱くなっている。

多分千鶴の体も、ひどく熱くなっているんだろうけど。

「ぁ、……っふ、……ン、ぅ」

顎を掬い上げるように唇を重ね直されると、思わず歯列が開いてしまった。

すぐに士郎の舌が滑りこんでくる。

千鶴の唾液を吸い上げながら唇を合わせた士郎のキスは優しくて、鋭い牙が千鶴を傷つけまいと戸惑ってるようにすら感じられた。

「ぁ、ん……っん、ン、ふ」

舌を吸い上げられ、付け根から舌の裏側を舐められる。

士郎の舌はしょっぱいような、変な味がした。それがさっきまで銜えられていた自分の味だということに気付くと、千鶴はかっと体がまた熱くなるのを感じた。

「千鶴は温かいな」

もうどちらのものかわからない唾液を纏った士郎がぽつりと呟《つぶや》く。

誰のせいで熱くなってるのかと言い返したくなるのをぐっと堪《こら》えた千鶴の下肢を、士郎の手が弄った。

「っ！」

大きく開かされた足の間、双丘の谷間に士郎の指が滑る。

「ち、ょ……っな、……どこ、触ってるんですか、っ」

目の前の士郎の肩を拳で叩《たた》く。

ベッドを弾ませて逃げ出そうともがくが、士郎の指先が窄《すぼ》まりに触れた瞬間、千鶴は硬直した。

「見つけた」

士郎が囁く。

千鶴の秘所に触れた士郎の指は、千鶴の先走りと士郎自身の唾液で濡れている。それを丁寧に塗りつけるように、士郎が表面を撫でてくる。

「――……っ、待っ……や、だ、っ」

「嫌だ？　嘘《うそ》を言うな。ヒクヒクとして、もの欲しそうにしているくせに」

「そんな、……っ！」

かっと熱くなった顔で仰ぐと、士郎は金と青色の目を爛々と輝かせて千鶴を見下ろしていた。

まるで、獲物を見据えた猫、そのもののように。

頭の上の白い両耳もピンと立ち上がって、興奮を伝えている。

千鶴は、心臓が自分の全身を震わせるくらい強く跳ねているのを感じた。

「や、――やめてくださ……っ！　士郎さ、お願い……ですから、っ」

何とか宥《なだ》めようと千鶴が必死で言葉を紡ぐ間も、士郎は千鶴の背後を執拗《しつよう》に撫でてくる。

背後の収縮がどうしても止まらない。

ともすれば、ふっと全身の力が抜けるような妙な感覚が波のように押し寄せてきて、千鶴は歯の根が合わなくなるのを堪えた。

「お前も俺と交尾したいんだろう？　こんなに発情してるくせに」

士郎の手が千鶴の前と後ろをからかうように弄《もてあそ》ぶ。

こんなのはいけないと思っていても、千鶴の体はどうしようもなく悶えて、ベッドの上で身を捩った。

「違っ……これは……っ」

士郎が自身のスラックスの前を寛《くつろ》げ始めると、千鶴はこれ以上は心臓が爆発してしまうんじゃないかと思うほど緊張して、身を縮めた。

「俺が欲しいと言え」

目をぎゅっと瞑《つむ》った千鶴の耳元で、士郎が囁く。

「——……っ！」

ただの囁きがゾクゾクっと千鶴の背筋を這い上がって、それだけで頭の中まで愛撫《あいぶ》されてるようだ。

この囁きに素直に肯けば、楽になれるんだろうか。

体の芯《しん》を舐める劣情が千鶴を唆す。

甘い誘惑に一瞬躊躇《ちゅうちょ》した千鶴の中へ、士郎の指先が挿入《はい》ってきた。

「……っあ、だめ……！」

慌てて士郎の手を抑えようとしたけど、もう遅い。

濡れた指先が体内に分け入ってきて、千鶴はただ士郎の腕にしがみつくような形になってしまった。

「い、あ……っだめ、動かさな……っで……！」

ちゅく、ちゅくとすぐに抜き差しを始める士郎の指先が体内で千鶴の性感を探し求めるように動き始める。

男性と「交尾」するようにはできてないところが、気持ちよくなるはずなんてないのに、千鶴の下肢がざわざわと得体のしれないわななきを覚え、さらに舐められていく。

「千鶴」

士郎が熱い息を弾ませながら、千鶴の耳に何度もキスを仕掛けてくる。

その声が真剣で、千鶴は胸が締め付けられるような気がした。

「俺は、お前をずっと待ってたんだ」

視線を伏せた士郎の睫毛が金色の目に影を落とす。

「？　それって、どういう――」

千鶴を待ってた？

祖父が、千鶴のことを士郎に言い残していったのだろうか。

聞き返そうとした千鶴の唇を、士郎がまた吸い上げた。

短く吸って、舌で舐って、もう一度啄む。

「お前と交尾がしたい」

「……っ！」

口を開いたらまたうわずった声が出てきそうで、千鶴は唇を噛んだままふるふる、と首を振った。

「我慢できない。……ここに、俺のものを挿《い》れたい」

千鶴の中に指を根元まで潜り込ませて、士郎がそれを蠢《うごめ》かせる。千鶴は自分でも知らないような肉襞《ひだ》を暴かれる感覚に、背筋を短く何度も痙攣《けいれん》させた。

「やっ……ぁ、あっ……！」

士郎の唾液で濡れそぼった自身の屹立が、下腹部で跳ねて、びゅくびゅくっと濁った汁を迸《ほとばし》らせる。

「千鶴の中をたくさんコスって、気持ちよくなって、俺の精液を注ぎ込みたい」

「も、やめ……っ！」

さっきまであんなに偉そうだったくせに、突然、懇願するような切なげな声でそんなことを言われても、千鶴のほうが頭がどうにかなりそうだ。

士郎の口を塞いでしまおうと手を伸ばすと、その掌を舐められた。

猫みたいに、ざらついた舌で。

思わず千鶴が士郎の顔を仰いだ、その瞬間。

士郎の指が千鶴の体内から引き抜かれたかと思うと、熱い怒張が濡れた双丘に押し当てられた。

「ぁ、……やっ、待っ――……！」

言いながら、士郎の肩を押さえた千鶴の手は、それ以上士郎を突っぱねられずにいた。それどころか、士郎の着たシャツを力いっぱい握りしめて、引き寄せるようにしてしまう。

「千鶴、力を抜いて」

耳元で、切羽詰まったような声で士郎が囁く。

ゆっくりと、士郎が腰を進めてきた。

言ってることは無茶苦茶なのに、じれったくなるくらいの優しさで。

「ぁ、あ……っ入、――……っ」

士郎の指で解された媚肉《びにく》をどくどくと脈打つ男根が分け入ってくる。

千鶴は目を瞠って、逃げ惑うように腰を揺らめかせながら、背を反らしてしまった。その腰を士郎が乱暴に引き寄せる。

「ぁ――……っあ、ぁあ、っあ、」

もう、うわずった声が出ているのも気にならない。

体の中が熱くて、熱くて、焼け付きそうで。

「――……っ、」

士郎も苦しそうにしている。

頭に生えた白い猫耳が忙しなくぴくぴくと震えて、それが視界に入ると千鶴はたまらずに士郎の頭を抱き寄せた。

細くて腰のない猫っ毛の間から伸びる猫耳は熱くなっていて、白い毛の下に覗く皮膚がピンクに染まっている。

「ん、ぁ……っは、ぁ……っ！」

一度窮屈な中に押し入ってきた士郎が腰を引くと、圧迫感が薄れる代わりに、今度は千鶴の体内の痙攣が止まらなくなった。

自分がどうなってしまったのかわからない。

ただ、もう一度士郎が腰を強く突き上げてくると、今度はさっきとは比べ物にならないくらいの快感が脳天まで一気に駆け上がってきた。

「ひぁ、っ……ぁあ、ん、ぁ、あっ……や、っぁ……！」

自分のものとは思えないほど甲高い声が漏れて、千鶴は慌てて士郎の髪に顔を埋めて声を抑えた。

しかし士郎は千鶴の腰をベッドから抱き上げるようにして何度も性急に突き上げてくる。

「あっや、っ……！　んぁ、あっやぁ、あっ……っだめ、だめ、もぅ……っ！」

士郎の腰が打ち付けられるたびに息をしゃくりあげて、頭が混濁してくる。

士郎の髪に指を梳《す》き入れて強く抱き寄せながら、千鶴は唾液に濡れた唇に士郎の猫耳を食《は》んだ。

「っ、！」

士郎が、ビクンと大きく背中を震わせる。

「ぁ、しろ、……っさ、ぁ、んふ、ぅ……っぁあ、っあ、っもうだめ、……っだめ……っ！」

熱くなった猫耳を千鶴が唾液で濡らしても、抽挿は止まらない。

士郎が深く千鶴の中を抉《えぐ》るたびにグチュグチュと水音をあげて、千鶴も知らない内に自分から腰を士郎に擦りつけるようにしていた。

「……っ千鶴」

腕の中で、呻くように士郎がつぶやく。

その声に耳を澄まそうとした時、士郎が千鶴の乳首をぺろりと舐めとった。

「っぁ、あ……ッ！」

瞬間、千鶴はぎゅうっと体内の士郎を締めあげてしまった。

ガクガクと自分の意志に関係なく痙攣を繰り返す下肢は、もう何度絶頂を迎えてしまったかと思うほどはしたない汁を迸らせている。

「千鶴……っ、俺の子を、孕《はら》んでくれ」

くぐもった声で、士郎が言ったような気がした。

もう何も考えられない。

士郎がひときわ強く千鶴の腹奥を突き上げた、と思った次の瞬間——千鶴の中で、士郎がどっと熱いものを弾けさせた。

「——……っぁ、あ、あっ……——っ！」

士郎の精を体の中に感じると同時に千鶴も大きく仰け反って、おびただしい量の飛沫を吹き上げながら——イッてしまった。

＊　＊　＊

いったい、何が起こったのか理解できない。

千鶴は屋敷で迎える何度目かの朝を迎えてもまだ混乱していた。

一度屋敷の掃除に来た高橋に士郎のことを聞いても、そもそも部屋に近付くことすら許されていないから何も知らないと言うだけだ。

猫耳とか見たことありますか——なんて、聞けるはずもない。

千鶴の頭がおかしいと思われてしまいそうだ。

士郎の部屋であんなことになった後、千鶴は初めて覚えた掻き乱されるような快楽に、一時的に気を失っていたらしい。

ベッドで千鶴が目を覚ました時には、士郎は既に入浴を終えてさっぱりしていて、猫耳も尻尾もついていなかった。

もしかしたらあれは千鶴の幻覚に過ぎなかったのかもしれない。

ただ千鶴の身の上に起きたことはどうしようもない現実だったようで、士郎のベッドを起き上がるまで相当の時間を要した。

士郎はその間机の前で本を読んでいるだけで千鶴に手を貸すでもなく、何か話をしてくれるわけでもなかった。まるで猫がひとしきり遊んだおもちゃに、急に興味を失ったように。

「はぁ……」

薔薇の咲き誇る庭園で朝日を浴びながら、千鶴は肩で大きく息を吐いた。

初めて屋敷に来た時に思った通り、この庭園は本当に気持ちのいい庭だった。普段は屋敷の掃除と合わせて使用人が手入れしていて、三ヶ月に一度、業者に剪定《せんてい》を頼むらしい。

次の剪定が来る時、千鶴がこの屋敷にいるのかどうかはわからない。でも、この庭園は残したいと思っている。

屋敷にだって不満はない。

そりゃあ、千鶴が通っていた学校ほどの広さの屋敷を掃除するのは骨が折れるけど、今日は一階、明日は二階、と決めて掃除をしていると毎日新しい発見があって楽しい。

もしこの屋敷を相続することになったら、自分の家で毎日探検をするような感じだろうか。

お屋敷の探検が終わってもまだ庭園の散歩もできるし。

もちろんそのためだけに相続をする気はないけど、遺産相続の条件がこの屋敷だけなら喜んで引き受けただろう。

でも、あの士郎も条件の一つだ。

「……第一、何を面倒見ろっていうんだよ……」

士郎のことが嫌いなわけじゃない。あんなことをされたとしても。

最中の、あの切羽詰まったような声や切なげな表情を思い出すと胸が締め付けられるような気さえする。

だけど、そういう意味で面倒を見る気はない。

となると、何を面倒見る必要があるのかもわからない。

士郎は何不自由なく日常生活を送れるくらいには大人だし、特に病気や怪我をしているわけでもないようだ。

ここ数日観察している限り、正午近くに起きてきて、軽くシャワーを浴びる。簡単な食事を作って食べ、日がな一日読書をして過ごして、たまに窓辺でうたた寝している。

夜はかなり遅くまで起きているようで、朝方にもう一度入浴をして、眠っているようだ。

使用人が来る日は塔から一歩も出ないし、祖父の生前から、使用人の気配を察するとすぐに部屋に戻っていたそうだ。

でも士郎にはそんな生活を窮屈に感じているようには見えない。

むしろ優雅な雰囲気さえ漂っている。

千鶴は一度、士郎が何の本を読んでいるのかと尋ねようとしたことがあった。

士郎は千鶴が近付くとベッドに引きずり込もうとするので、結局わからなかったけど。

士郎という人のことが、全くわからない。

読んでいる本だけじゃなく、何を考えているのかも。

黙っているのを遠巻きに見ていると、千鶴が今までに見たこともないくらい美しい顔立ちをしている。特に体を動かす趣味がありそうでもないのに体つきは筋肉質だし、理知的にも見える。

だけどすぐにうたた寝をしてしまうみたいで、その寝顔は驚くほどあどけない。

千鶴が見ていることに気付くと意地悪な表情を浮かべるし、祖父がいなくなって寂しいと感じている様子でもない。

猫耳と尻尾は、あれきり一度も見ていない。

千鶴が来ることを知っていたようだったし、もしかしたら千鶴を驚かせるためのいたずらに過ぎなかったのかもしれない。

それにしては、耳の熱さは士郎の体温に同化しているようだったけど――。

「あぁ、わかんない」

千鶴がまたぼやくと、庭園の芝生に集まっていた小鳥たちが一斉に飛び立った。

「あ、ごめんごめん。……静かにしてるから、ほら、お食べ」

小鳥たちが飛んでいったのは、千鶴の声のせいだけじゃないかもしれない。

士郎のことを考えてぼうっとしていたせいで、小鳥たちにまいたパンくずがもうほとんどなくなっている。

千鶴は厨房から持ってきたパンくずをつまむと、芝生の上にまいた。

一度飛び立った小鳥たちがまた囀《さえず》りながら戻ってくる。

雀《すずめ》や、メジロ、シジュウカラなどがそれぞれ好き好きにパンくずを啄む。

もともとこの庭園は花が多いから、木の実を探しに来る小鳥も多いのだろう。

抜けるように天気のいい朝に、さわやかな風。草花の香りと、小鳥の囀り。

千鶴はひどく満たされた気持ちで、大きく深呼吸をした。

「おい」

伸びをした千鶴の背中を、不機嫌そうな低い声が叩いた。

びっくりして、振り返る。

「千鶴」

そこには、塔の一階の窓から顔をのぞかせている士郎の姿があった。

まさかこんな時間に士郎が起きてるなんて思わなかった。

そういえば千鶴が一番好きな白薔薇のアーチがあるこの辺りは、士郎の居住区である塔に程近い。

士郎の部屋の窓からはいつもこの白薔薇が見えていた。

「士郎さん、こんな時間に起きてるなんて珍し――」

「何をやってる」

柔らかな猫毛に寝癖をつけた士郎は、いかにも寝起きといったふうで、不機嫌そうに顔を顰めている。顔も、青白い。

「何って、小鳥に餌《えさ》を」

「うるさいぞ、どこかにやれ」

苛立《いらだ》ったような士郎の声に、足元の小鳥たちも一斉に飛び立ってしまう。

「なんで、――」

朝日に照らされてポカポカしていた気持ちに水をかけられたようで、千鶴は鼻白んだ。

パンくずの滓《かす》がついた掌をぎゅっと握りしめる。

「ここには俺も暮らしてる。お前だけの家だと思うな」

「……すみません」

正論だ。

千鶴はうつむいて、唇を噛んだ。

学生の頃から新聞配達の仕事や早朝のコンビニアルバイトをしてきた千鶴にとって、朝は気持ちのいいものだけど、士郎は夜型だ。

一緒に暮らしていくなら、お互いの生活は尊重していかなければならない。

わかっていたはずだけど、配慮が足りなかった。

千鶴がパンくずを持って踵を返そうとすると、士郎のため息が聞こえた。

「俺の目に見えない所でやってくれ。……目の前でちょろちょろされたり、鳥の声が聞こえるのは苦手だ」

少し、語気が弱まった。

「……別の所で餌をあげるのは、いいんですか」

士郎の顔色を窺いながら、おそるおそる聞いてみる。

眠たそうな士郎の目が千鶴を一瞥《いちべつ》したかと思うと、バツの悪い表情でそっぽを向いた。

「別に」

こういうところがあるから、士郎を嫌いになれない。

「はい。……明日からは気をつけますね」

「あぁ」

答えた士郎が、大きく欠伸《あくび》を漏らす。

「士郎さん、また寝てしまうんですか？」

「ん、……寝たのが四時だったからな」

まだ三時間ほどしか寝てない。

千鶴が少し肩を落とすと、士郎が窓枠に寄りかかって腕を組んだ。

「何か用か？」

「あの、朝ご飯を……一緒に食べようかと、思ったんですが」

この屋敷に来てから、千鶴はずっと一人で食事をしていた。

遅く起きてくる士郎は朝食を昼食と一緒に正午前に済ませてしまうし、夕飯もいつとっているのかわからない。

一人で食事をすることには慣れている。母が亡くなってからは、ずっとそうだったから。

でも、それが寂しいことも知っている。

士郎はそう思わないのだろうか。

それともこれも、互いの生活に干渉していることになってしまうだろうか。

「あ、でも眠いですよね、すいませ――」

「献立は」

再び大きな欠伸をしながら、士郎が尋ねた。

「え？　あ、ええと……パンと、スープとオムレツ……の予定、ですけど」

「そうか」

そう言うと士郎はあっけなく踵を返してしまった。

やっぱりベッドに戻ってしまうんだろうか。千鶴が当惑してその場に佇《たたず》んでいると、士郎が肩越しにひょいと手を掲げた。

「オムレツにはチーズを入れてくれ。それから、スープにネギは入れるなよ」

「……はい！」

千鶴は大きく肯くと、屋敷の厨房に向かって慌てて駆け出した。

士郎との初めての朝食は、屋敷の大広間で食べた。

大広間はまるで宮廷の客間をミニチュア化したような豪華なもので、今まで千鶴は気後れして使ったことがなかった。

ミニチュア化、といってもこの大広間に小さなアパートのワンルームならすっぽり入って余りあるんじゃないかというくらい広い。

壁には誰かの肖像画がかけられていて、部屋の隅には高級そうな壺《つぼ》が置かれている。

千鶴がこの部屋を掃除する時はあまりの緊張で背中が鋼の板にでもなったみたいに凝り固まってしまった。

「その壺もお前のものだろう、割ったって誰も怒らない」

千鶴が朝食を用意する間、十脚もの椅子が並んだ大きなテーブルで微睡《まどろ》んでいた士郎が言う。

「まだ相続したわけでもないのに」

士郎のために作ったチーズ入りオムレツを置くと、士郎が皿に顔を寄せて、くん、と鼻を鳴らした。

まるで子供みたいなしぐさだ。

「いつになったら相続するんだ？」

千鶴は自分の席にオムレツを運びながら、士郎に隠れて苦笑した。

まだ決めかねている――なんて言ったら、士郎は嫌な気持ちになるだろうか。

もし千鶴が相続しなかったら、士郎はどこに引っ越すんだろう。

「いただきます」

千鶴は士郎に答えず、席に着くと手を合わせた。

士郎も特に気にした風でもなく、千鶴に倣う。

「士郎さんは、ネギ以外の好き嫌いはあるんですか？」

テーブルが広すぎて、向かい合わせに座った士郎が遠く感じる。話しにくい。

実家では、千鶴はいつも小さなちゃぶ台を母と二人で囲んでいたから。

「味付けの濃いもの。……あと辛いものと、生の魚、かな」

「へぇ、意外」

千鶴が思わず呟くと、ちらりと士郎が千鶴の顔を一瞥した。

耳はいいようだ。

初めて会った時、どうして千鶴が来たのがわかったのかと後から聞くと、足音が聞こえたと言っていた。

塔の床に絨毯が敷いていないのは、足音を聞き取りやすくするためなのかもしれない。

どうしてそこまで使用人を遠ざけるのかはわからないけど。

「いつも一人でご飯食べてるんですか？」

尋ねてから、なんだか質問してばかりだなと千鶴は自分を恥じた。

でも士郎は自分から話をしてきそうにないし——何より眠そうだし、それでも士郎とゆっくり話せる機会ができて、純粋に嬉しい。

「あぁ」

士郎のテーブルマナーは、悪くない。

千鶴も育ちがいいわけではないから詳しくはわからないけど、少なくとも姿勢をよくして音も立てずにスープを飲む姿は、様になっている。

「……おじいちゃんがいた頃は、一緒に食べたりしました？」

——千鶴が母親と食卓を囲んでいたように。

スプーンの裏に映った自分の顔を見下ろして、千鶴はぽつりと漏らした。

「博士とも食べたよ。朝ご飯は別々だったけど、夕飯は毎日一緒だった」

千鶴は顔を上げて、士郎の顔を見た。

士郎はどこか穏やかな表情を浮かべて、思いを馳《は》せるように視線を伏せている。士郎の脳裏には、千鶴が会ったことのない、祖父の顔が浮かんでるんだろう。

「僕のおじいちゃんて、どんな人だったんですか？」

千鶴は食べかけのパンを皿に戻すと、思わず身を乗り出していた。

その様子に目を瞬かせて、士郎が千鶴の顔に視線を戻す。驚いたようだけど、しかしすぐに表情を緩めた。

「真面目《まじめ》な人だった。正義感が強くて、頭が固かったかな」

士郎もスプーンを置いて、テーブルの上で指を組んだ。

祖父を詳しく思い出そうとして睫毛を伏せると、唇に優しい笑みが浮かぶ。

亡き人を思い出すだけでこんなに穏やかな表情になるのかと、千鶴は胸がきゅっと痛んだ。

「千鶴の父親の話もよくしていた」

「父《とう》さんの？」

千鶴はテーブルの上で握った手の中にじっとりと汗をにじませた。

父が亡くなったのは千鶴が小学校に上がる前で、一緒に遊んでいたことは覚えているけど、顔もおぼろげにしか思い出せない。

「千鶴の父親は、博士の息子だろう？　奥さんができて、家を飛び出して行ったって言ってた。喧嘩《けんか》別れしたことを、いつも寂しそうにしてたよ」

「——……だったら、会いに来てくれたら良かったのに」

少なくとも孫である千鶴に遺産を遺すつもりがあるくらいなら。

千鶴は遺産よりも、祖父との思い出の方が欲しかった。

母にも、楽をさせてあげたかったのに。

「博士は研究で忙しかったからな」

「研究？」

そういえば士郎は、祖父のことを博士博士と呼んでいる。

それがなんなのか、いつも尋ねようと思って聞き逃していた。

「おじいちゃんは、何の研究をしていたんですか？」

思い出から覚めるように目を開いた士郎が、パンを手に取る。それを見て、千鶴も思い出したようにスープに口をつけた。

「博士は、亜人の研究をしていたんだ」

「あじ……ん？」

ぽかんとした千鶴の顔を見て、士郎が苦笑を浮かべる。

「俺みたいな生き物のことだよ」

パンを口に放り込んだ士郎が、一瞬、息を詰めたようだった。体にグッと力を入れた、次の瞬間。

ぽん、と士郎の頭に純白の猫耳が生えてきた。

「!!」

やっぱり、見間違いじゃなかった！

思わず千鶴が席を立ち上がると、士郎の背後にはあの長い尻尾も見えた。

妙に胸がドキドキと高鳴る。

今、本当に目の前で、手品でもなんでもなく猫の耳が生えてきた。士郎はパンを手にしたままで、耳をつける素振りも見せなかった。

やっぱり、本物なんだ。

千鶴の唇に、思わず口に含んだ猫耳の毛の感触が蘇《よみがえ》ってくる。その熱も。

「博士はもともと、古い村の失われつつある文化を研究する民俗学者だった。……だけど、ある時山間の村で俺たち――亜人を発見して以来、そのルーツと、行方を調べるようになっていったんだ」

「あの、……その耳って、自由に出したりしまったりできるんですか？」

士郎の尻尾は、ゆらゆらと揺れてリラックスしているようだ。

千鶴が話しかけると、耳がぴくっと震えて、視線より先にこちらを向く。

「あぁ、昔はあんまりコントロール効かなかったけど……今は、わりと」

言いながら士郎がわずかに眉を顰《ひそ》めると、耳と尻尾が消えた。

あっと千鶴が声を上げると、その表情を仰いだ士郎が声を上げて笑った。

「そんなに珍しいか？」

「っ、ご……ごめんなさい」

初めて会った時の士郎の剣幕を思い出して、千鶴は慌てて顔を伏せ、椅子に腰を下ろした。

しかし士郎は気を悪くしたわけでもないようだ。パンを食べ終えて、バターナイフをテーブルに置いた。

「子供のうちは制御が効かなくて、怒ったり泣いたりするたびに耳や尻尾を出してたよ。……だから亜人は、子供のうちに狩られることが多いんだ」

「狩……？」

皿を傾けてスープの残りを掬い取る士郎の様子は、飄々《ひょうひょう》としたものだ。

千鶴はその表情の読み取れなくなった顔を、じっと見つめた。

「亜人は珍しいんだろう？　人間は俺たちを見つけると捕まえて、見世物にして、解剖して、実験道具にして、殺す」

「……！」

胸を突き刺されるようだった。

悲観しているふうでもなく、士郎はただ淡々と言うだけだ。それが余計に千鶴の心をざわつかせた。

士郎は、人間なんて信用できないと言っていた。あれは、そういう意味だったのか。

「俺の両親も人間に捕まって、殺された。俺の村じゃ亜人はほとんどいなくなってて、ツガイのは珍しかったらしい」

千鶴は顔を伏せて、震えそうになる手をぎゅっと抑えた。

そんなことを話させるつもりじゃなかったのに。しかし今、口を開いたら声が震えてしまいそうだった。

「耳の出し入れも制御できない俺が一人で隠れてるのを、博士が見つけてこの家に迎えてくれた。……最初は俺も解剖されて、売り飛ばされるんだって思ってたけど、博士はそんな俺を心底変な顔で見たよ。解剖なんかする民俗学者がいるか、って」

こんな顔、と祖父の顔を真似《まね》したんだろう士郎が眉を上げ下げして険しい表情を浮かべると、それをおそるおそる窺った千鶴は思わず吹き出してしまった。

祖父の顔も知らないけど、整った顔をした士郎がそんな顔をしてみせるのがおかしくて。

「博士の家は代々学者の血筋で、裕福だし、金を使うことにも興味がない。だから、亜人の子供を売り飛ばして儲《もう》けようなんて気もないってさ」

両親を連れ去られて不安に怯《おび》えていた子供の頃の士郎は、祖父にそう言われてどんなにか安心しただろう。

想像すると、千鶴はその光景を目にしたわけでもないのにどうしてか涙がにじんだ。

士郎が祖父のことを話す時、優しい表情になる理由がわかったような気がした。

「それから博士は、俺の仲間を探すための研究を続けてくれた。――死ぬまでね」

士郎がそこで、言葉を途切れさせた。

薔薇の咲き乱れる庭園を望む食卓が、急にしんと静まり返った。

やっぱり士郎だって、祖父が亡くなって悲しくないわけがないんだ。

他に身寄りがないところを祖父に拾われて、でもその祖父も亡くしてしまったのは千鶴も同じだ。

「――……なんか、似てるな」

「えっ？」

心の中を見透かされたようでドキッとした千鶴が士郎の顔を仰ぐと、士郎は双眸を細めて眩《まぶ》しそうに微笑んでいた。

「千鶴と、博士。……まぁ孫だから、当然か」

――なんだ、そっちか。

千鶴は一瞬跳ね上がった鼓動を抑えながら、どこか落胆したような、不思議な気持ちに自分で首を傾げた。

しかしなんだかもやもやする。千鶴はそれをパンと一緒に無理やり飲み込んだ。

食事を終えた士郎が、大きく伸びをして、また欠伸を漏らす。

夜行性でよく寝るのは、猫の特性なんだろうか。

いや、千鶴だって三時間しか寝てなかったら眠くなる。

千鶴は朝食に誘ってしまった手前、眠くなった士郎の様子に慌てて食事を終えた。

「ごちそうさまでした」

千鶴が掌を合わせて言うと、士郎もそれにならった。

祖父が士郎に躾《しつ》けたものだろうか。千鶴も、両親と一緒にそうしてきたから未《いま》だに一人でも掌を合わせてしまうけど。

もしかしたら博士がしてきたことを千鶴の父親も受け継いでいて、それが千鶴と士郎の両方に脈々と流れてるものなのだとしたら。

ただ手を合わせるだけのことなのに、なんだか嬉しくなってくる。

「千鶴」

眠そうに目を擦った士郎が、椅子を立ち上がった。

「はい」

「抱き枕《まくら》」

朝食の片付けをしようとしていた千鶴を当然のように手招いて、士郎はテーブルを離れた。

「……え？」

何を言われたのか理解できず、呆然とその場に立ち尽くした千鶴を残して。

三階にある士郎の寝室で、千鶴は未だに首をひねっていた。

どうしてこうなるのかわからない。

ベッドに腰かけた千鶴の膝の上には、士郎の頭があった。

千鶴の体に背を向けるように横臥《おうが》して、規則正しい寝息をたてている。

睡眠不足なのは仕方がない。起こしてしまったのは千鶴のせいなのかもしれない。

士郎が本当に猫と同じくらい耳がいいなんて知らなかったから、小鳥を呼んでしまったのは千鶴の責任だ。

だからって、眠いなら、何も膝枕で寝ることはないだろう。

「何をやってるんだ、僕は……」

朝食の後、早くしろと士郎に急《せ》かされるまま部屋まで来たはいいものの、初めて会った時のことを思い出して躊躇した千鶴を、士郎はベッドの上に座らせた。

あんなことがあった後でベッドに座れなんて、とてもじゃないけど素直に従うわけにはいかない。

しかし顔を赤くした千鶴に、士郎は膝を貸せとだけ言って、ベッドに横になってしまった。

膝枕をするだけだと言われたら、意識しているこっちが恥ずかしくなってきて、思わず士郎の言う通りベッドに座ってしまった。

でも、やっぱりおかしい。

何が楽しくて男の膝を枕にして寝ようっていうんだろう……。

千鶴は女の子みたいに肉付きがいいというわけでもないし、どちらかといえば貧弱な方だ、筋肉もつきにくいし。

膝枕をしてもらった経験もないからわからないけど、それにしたって自分の足が骨っぽくて寝心地がいいものじゃないだろうことくらい、千鶴にもわかる。

「ん……」

膝の上の士郎が、小さく唸って身じろぐ。

眠りにくくないのかと思う千鶴の想像に反して、士郎は熟睡しているようだ。

千鶴がそっと上体を屈めて寝顔を覗き込もうとすると、急にその頭から猫耳が生えてきた。

「っ、！」

突然のことで思わず声が漏れそうになるのを、掌を押し当てて堪える。

士郎は、気付いていないようだ。

ベッドに視線を走らせると、尻尾も生えている。じっと伏せているものの、たまにゆらり、とシーツを撫でるように揺れる。

士郎はさっき、大人になって耳や尻尾を制御できるようになったと言っていたのに。

「——ふ、……ふふ」

手で覆った唇から、思わず笑いがこみ上げてくる。

全然、制御できてないじゃないか。千鶴の膝の上で熟睡して、うっかり耳が出てしまうなんて。

ぴく、ぴくっと士郎の猫耳が震える。千鶴の笑い声のせいかもしれない。

「大丈夫だよ」

千鶴は寝ている士郎にそっと囁きかけると、綺麗な毛並みの白い耳を撫でた。

この大きな猫が安心して眠っていられるように。

＊　＊　＊

「えぇっ、士郎さんお仕事してるんですか！」

ある日の午後、千鶴が大きな声を上げると、士郎がうるさそうに耳を塞いだ。――これは、人間の方の耳だ。

「そんなに驚くようなことか」

「だって……ただの引きこもりだとばかり」

千鶴が屋敷に来てから一ヶ月。士郎は一度も屋敷から出ようとはしない。

数回、庭まで連れ出すことはしたが、それも夜に月を見るためだけだ。放っておけば一日中本を読んでばかりいるか、うたた寝しかしていない士郎が退屈かと思って、無理やり連れ出したというのに。

「ひきこもり？」

「家から外に出ない人のことです」

士郎が仕事をしているからといって、引きこもりであることに違いはないのだけど。

「外に出たことならあるぞ」

「ええっ！」

千鶴が飛び上がらんばかりの勢いで驚くと、士郎は顔を顰めた。

ただでさえ聴力が鋭い士郎の前で、大きな声を上げるなと言いたいんだろう。

「半年に一回くらいは、仕事の都合で……どうしようもないだろう」

千鶴は言葉を失った。

士郎は五歳の時から外の世界を知らない。だから世間知らずだし、人間のことも祖父と千鶴くらいしか知らないいんだとばかり思っていたのに。

「俺が仕事をしていると、何か不都合でもあるのか？」

怪訝そうに尋ねられて、千鶴はうろたえた。

別に問題はない。

千鶴の祖父以外にもいい人間はたくさんいるんだということを士郎が知ってるなら、それに越したことはない。

しかし。

一方の千鶴は今や無職だ。

遺産を相続しなかった時のことを考えてアルバイトは休職扱いにしてもらっているけど、もしこのまま屋敷で暮らすことになったら。

働かなくても暮らせるだけの遺産はあるといっても、それじゃただ祖父の遺産を食いつぶすだけだ。

「……何のお仕事されてるんですか？」

「翻訳。語学は、博士に教わった」

四ヶ国語くらいならできるぞ、と士郎はとるに足らないことだとでもいうように言ってのけた。

確かに、士郎の本棚にはいろんな言語の本がある。

いつ仕事をしていたのかは知らないが、おそらく千鶴が眠っている夜中のうちに働いてるのだろう。

「ううう……」

正直、祖父の遺産を食いつぶしているのは士郎の方だとばかり思っていたのに。

千鶴ががっくりと項垂《うなだ》れていると、するりと士郎の手が腰に回ってきた。

「！」

「気にすることはない。千鶴は俺の嫁になればいい」

士郎の唇が近付いてくる。

「っ、だから……オスとオスは、交尾しても子供はできないんですってば！」

一緒に腰かけたカウチの肘掛けに大きく身を傾けて士郎の唇を避けながら、熱くなった顔を背ける。

しかしなけなしの抵抗も虚《むな》しく、千鶴の首筋に士郎の唇が吸い付いてきた。

「っ、ん……！」

反射的に、背筋がビクビクっと震え上がる。

士郎がその背中を撫で上げながら、吸い付いた唇から舌を伸ばしてきた。

「ちょ、っあ……もう、やめ……っ」

ぬる、と濡れた舌が首筋を這い上がって耳朶の下まで来ると、千鶴は首を竦めながらカウチを逃げ出そうとした。士郎が両腕を腰に回して、やんわりと拘束してくる。

「相変わらず感度がいい。……それに、いい匂《にお》いだ」

耳の下の皮膚が薄くなった部分をちゅうっと吸い上げた士郎が、鼻を鳴らす。

「い、いい匂いって、どんな、」

そんなこと言われたのは、生まれて初めてだ。

一体どんな匂いなのか知らないけど、変な匂いだったら恥ずかしい。

「うん？　……俺の好きな匂いだ」

どんな匂いなのか気になって千鶴が自分の袖口《そでぐち》を嗅《か》ごうとすると、それを遮るように士郎の鼻先が千鶴の鎖骨に滑り降りてきた。

「！」

その頭に、ぴんと猫耳が生えてくる。

初めて、こんな至近距離で猫耳が生えてくる瞬間を見てしまった。

と、いうか。

「っ、士郎さん！」

慌ててその体を押しのけようと士郎の肩を摑む。

案の定、士郎は千鶴から離れるどころか、腰を強く抱き寄せて体をすり寄せた。

ここ一ヶ月で、士郎が猫耳を出す——つまり制御が効かなくなるタイミングがいくつかわかってきた。

熟睡したりなどして無防備になった時と、それから、性的興奮でも抑えが効かなくなるらしい。

——つまり、士郎が欲情するとすぐにわかってしまう。

熱い息を吐きだした士郎が、千鶴の腰を抱いた手をシャツの中に滑りこませてきた。

「ちょ……っだから、交尾……は、だめです、ってば」

士郎の手が乳首までのぼってこないように、シャツの上から必死に胸を押さえる。

その間も士郎は千鶴の首を甘咬《あまが》みしては、ちゅうちゅうと音を立てて甘えるように肌を吸い上げてきて、千鶴の性感を擽った。

「子供ができなくても構わない」

カウチの隅に縮こまった千鶴の体を、士郎が膝の上に抱き上げる。

「あ、っ……ちょ……！」

無理やり引きずり上げられた体でバランスを崩した千鶴が慌てて士郎の首に腕を回すと、ようやく士郎が顔を上げた。

吸い込まれるような金と青色のオッドアイが、千鶴を見つめていた。

「何故、駄目なんだ？」

「……！」

そんな純粋な目でストレートに尋ねられると、思わずうろたえる。

千鶴の早くなった鼓動が士郎に口付けられたところ、触れられたところ、触れ合っているところすべてでどくどくと脈打っているようだ。

じっと千鶴を見上げる士郎の顔を見返すことができなくて、千鶴はうろうろと視線を彷徨わせた。

いっそのこと、初めての時のように強引にしてくれたらどんなにか……と思う。

それじゃまるで期待しているようだ。

別に嫌なわけではないけど、嫌じゃないから、困る。

「——……こういうことは、こ、恋人とするべきだからです」

「恋人？」

士郎が、ガラス球のような目を瞬かせる。

「好きな人とする、ってことです」

「俺は千鶴が好きだ」

「っ、そんなの士郎さんは……こ、交尾したいから好きだって言ってるだけじゃないですか」

人間なんて信用できないとか言うくせに、そういうところだけ悪い人間と同じだ。

「そんなことはない」

「だって、他の人とはこういうことできないから——」

士郎がこんなことをするのは、別に千鶴が好きだからじゃない。ただ、発情期にメスに出会えなかった猫が飼い主に腰を擦り寄せるようなものだ。

士郎が女の子を誘えば、みんな心惹かれるだろう。

士郎は家に閉じこもっているのがもったいないくらい美しい容姿をしているし、外見だけじゃなくて、性格だって可愛《かわい》いところがたくさんある。

――でも、士郎がその気になったら猫耳が生えてきてしまう。

だから、それを見せられる千鶴にしか欲情できないだけだ。

士郎は何も言わない。

否定できないからだ。

千鶴は、返答に詰まった士郎の肩を押し返すと強引に膝の上から降りた。

「千鶴」

すぐに士郎が千鶴の腕を摑んだ。

その手を、やんわりと引き離す。

「――人間の『好き』っていうのは、もっと複雑なんです」

宥めるように言う口元が、引き攣る。

士郎の表情は変わらないが、耳が少し萎《しお》れているようだ。本当に、感情表現豊かな耳だ。それを笑いたいのに、千鶴の頰はこわばってうまく笑えなかった。

「失礼します」

自分が今どんな顔をしているのか不安で、千鶴は士郎から隠すように顔を伏せると慌てて踵を返した。

「千鶴！」

士郎がカウチから立ち上がる。

その俊敏な手に捕まらないうちに、千鶴は士郎の部屋から逃げ出した。


士郎は追ってこない。

千鶴は絨毯の敷き詰められた廊下まで一気に駆けてくるとようやく足を止めて、肩で息を弾ませた。

もっとも士郎にしてみたら、おもちゃが逃げたようなものかもしれない。

あるいは、今頃怒っているかもしれない。

人間は――なんて、まるで士郎を差別するようなことを言ってしまった。

「――……」

さっきまで士郎の体温を感じていたシャツを、ぎゅっと握り締める。

急に胸の中が寒々しく感じるのは、きっと気のせいだ。

士郎の部屋は窓が大きくて日差しがたくさん入るから暖かくて、屋敷のこの辺りが寒く感じるだけで――

「……あれ？」

千鶴は改めて周囲を見回すと、見慣れない景色の中にいることに気付いた。

塔の三階にある士郎の部屋から廊下を渡ってきたんだから、屋敷の三階であることは間違いないんだろうけど、二階に降りる階段がない。

そういえば屋敷が三階建てだってことは外から見て知っていたけど、今まで三階に上がってきたことはなかった。のぼる階段がなかったんだから、当たり前だ。

つまり、屋敷の三階は塔からしか来られないってことか。行きも、帰りも。

千鶴は、ぎこちなく体を反転させて背後を振り返った。

「……やっぱり、追いかけては来ないか」

振り返った廊下に、士郎の姿はない。

千鶴は大きく息を吐き出して、自分の頬を掌で叩いた。

やっぱり怒っただろうか。

それとも、深く傷つけてしまったかもしれない。

でも千鶴だって、千鶴の言っていることを理解できないといったような士郎のあどけない表情を思い出すと、胸が引き千切られるように痛い。

痛くて、痛くて、泣きたいような気持ちになって、千鶴はうまく笑えなくて、士郎の部屋を逃げ出してしまった。

士郎に謝ることもできないで。

母が亡くなった時、これ以上悲しいことなんかないんじゃないかと思っていた。

千鶴の母親も若い頃に両親を亡くしていて、最愛の人――千鶴の父親も早くに事故で亡くしてしまった母親の儚《はかな》げな笑顔が、千鶴は大好きだった。

自分が母親をめいっぱいの笑顔にしてあげなきゃと思ってたのに、千鶴の高校卒業と同時に入院した母親は、一年足らずで亡くなってしまった。

毎日病院に通ってはたくさん話をしたけど、それでも毎日時間が足りないと思って歯痒かった。あの時も千鶴はうまく笑えなくて、自分がめいっぱいの笑顔になれないのに、母親を笑わせることなんてできないって感じて、悔しかった。

廊下の中央に立ち尽くした千鶴は、鼻を啜って、顔を上げた。

三階の廊下には、大きな扉がひとつあるきりだった。

気持が落ち着くまでそこで休ませてもらおう。千鶴は相変わらずものものしい装飾に縁取られた扉の取っ手を摑むと、ぐっと体重をかけた。

こんな階段のない階にある部屋なんだから、物置か何かなのかもしれない。

埃《ほこり》臭い空気が流れ出てくることを覚悟して息を詰めた千鶴が扉を押し開くと、――そこは、屋敷の中でも一番広い、まるで図書館のような部屋だった。

「う、わ……」

吹き抜けになった高い天井。それを埋める大きな本棚が、壁一面を覆っている。

ぎっしりと本が詰め込まれた本棚は壁際の他にも二つ、天井に届くほどではないけど、千鶴の身長の三倍はありそうな大きなものだった。

もちろんはしごが取り付けられていて、そのはしごも手垢《てあか》で黒ずんでいる。

この屋敷と同じくらい歴史のある本が並んでるのだろう。ちょっと見ただけでも、背表紙の文字が判別できないくらい古い本がたくさんある。

千鶴は泣きそうな気分も忘れて、室内にふらふらと歩み入った。

押し潰《つぶ》されそうなくらい圧倒的な本棚に囲まれて、中央に大きな机がある。

どっしりとした木製のもので、机上にはついさっきまでこの部屋の主人が使っていたかのように、沢山の本が広げられたままになっていた。

頭上の大きな天窓から差し込む明かりがちょうどその机を照らしていて、まるで千鶴を招いているようだ。

「書斎……かな」

千鶴が両腕を広げるよりも幅のある大きな机には、それに相応しいゆったりとした黒い革張りの椅子が添えられていた。

丁寧に手入れされているのだろう。柔らかそうなその座面に腰を滑らせると、暖かな腕に抱きしめられているような安堵感を覚える座り心地だった。

部屋は全然埃臭くなくて、紙の匂いが妙に懐かしい気さえする。

千鶴はこわばっていた頬をいつしか綻《ほころ》ばせながら、机の上に広がった本に視線を落とした。

士郎が読んでいるような外国語の本じゃなくて助かった。文字は古めかしくて、由緒ある文献のようだけど。

「このような混血種の歴史は、古く、平安時期から文献に記されており――」

掠《かす》れた文字を指先でなぞって、千鶴は目を瞬かせた。

文章の横に描かれた装画には、釣り上がった目に獣の耳をつけた着物姿の女性や、月に向かって吠《ほ》える大男の姿がある。

「……これって、」

士郎のような「亜人」の文献だ。

千鶴の脳裏に、士郎の萎れた猫耳が過《よ》ぎった。

今頃、士郎は一人残された部屋でどうしてるだろう。

本でも読んで千鶴への怒りを紛らわせているか、それとも傷ついて呆然としているだろうか。

どちらにせよ、あとで謝りに行かなきゃいけない。

今はまだ、行けそうにないけど。

千鶴は小さく溜息を吐いて、机上に開いてあった別の本のページをめくった。

これも、亜人の本だ。

亜人は古くから猫又や狐憑《きつねつ》きなどの妖怪として日本各地で散見されている。その多くは山奥に棲《す》んでいるが、時折人里で正体を見破られたものが目撃者を襲ったりなどした、らしい。

江戸時代に描かれたという、化け猫を退治しようとする坊主の画が添えられている。

千鶴にはその猫が士郎と重なって、思わず目を背けた。

こんな歴史があって、士郎たちは人間の目に触れることを避けるようになったんだろう。

あるいは、人間のふりをして社会に出ている亜人もいるのかもしれない。

そういえば、千鶴の祖父は士郎の仲間を探すための研究をしていたと言っていた。

「！」

つまり、ここは祖父の書斎ってことになる。

千鶴は思わず立ち上がって、口を押さえた。

そうしていないと、心臓が口から飛び出てきそうだった。

祖父はこの椅子に座って、この机に向かって、士郎たち亜人のことを研究していたんだ。そう思うと、胸が張り裂けそうなくらいドキドキしてくる。

祖父がどんな人だったのかは未だにわからないけど、書斎に流れている暖かい空気も、包み込むような柔らかい椅子も、全部祖父が遺したものなんだと思うと千鶴はまた泣きそうになってきた。

机の上に広げた本も祖父が死の床につく直前まで士郎のことを考えていたということだ。

祖父にとって士郎を遺して逝くことは、本当に気がかりだったんだろう。

だから、遺産の条件に士郎の面倒を見て欲しいとまで付け加えて――。

「……」

千鶴は一度立ち上がった椅子にストンと座り込むと、机の上に広げられた本の上に顔を伏せた。

弁護士から突然遺産の話を聞いてから今まで、士郎の話と弁護士からもらった資料でしか知らなかった祖父のことが、この書斎でなら少しはわかるような気がした。

士郎の話は、恩を感じているから多少美化されてるんじゃないかと思っていたけど――そんなことはないようだ。

この居心地のいい書斎のおかげで千鶴が勘違いしているだけだとしても構わない。士郎にとって良いニンゲンだったように、千鶴にとってもいいおじいちゃんだと思えれば、それで。

「……ん？」

本の上に突っ伏した千鶴の視界の端に、布張りの分厚い大きな本が映った。

ページの黄ばんだ文献を退《ど》けて、赤い表紙の本を手繰り寄せる。さすがに本を動かすと多少埃が舞ったけど、どうしても気になって引きずり寄せた本には、几帳面《きちょうめん》に写真が並べられていた。

「これって……！」

それは、アルバムだった。

まだ幼い士郎が、ピンク色っぽさの残る猫耳を出したままふてくされている写真や、まだ使用人が住み込んでいた頃なんだろう、賑やかな屋敷の写真が貼《は》ってある。

「うわ、可愛い……」

士郎の表情は今よりも険しくて、カメラを睨みつけているような写真が多い。

三枚に一枚は尻尾が膨らんでいるし、人の腕に噛み付いているものまである。

「ここに来てすぐの頃かな……」

写真を見ただけでも苦労が偲《しの》ばれて、苦笑を漏らしながら千鶴がページをめくると、――そこには白髪交じりの男性の膝の上に抱かれている士郎の写真があった。

「――……！」

心臓が止まるかと思った。

千鶴は慎重にページの先を急いだ。

次のページには他のスナップ写真とは違う、写真屋さんに撮ってもらったような大判の記念写真があった。

士郎は高校生ほどに成長していて、猫耳も、尻尾も出ていない。どこか気恥ずかしそうにしているけど、傍らに座っている白髪の男性の肩に手を置いている。

その隣には、穏やかに微笑む女性の姿もあった。

「これが、……おじいちゃんと、おばあちゃん……？」

呟いたつもりが、喉がカラカラに乾いて舌がもつれる。

千鶴は揺れる瞳で、祖父の顔を食い入るように見つめた。

――この人に会ったことがある。

今まで祖父には一度も会ったことがないと思っていたし、駆け落ちした息子の家族を放ったらかしにしていたんだとばかり思っていたけど。

祖父は、千鶴や母に会いに来ていた。

父の葬式で。

喪主になった母は、親類の殆《ほとん》ど来ない寂しい葬式でどこか呆然としたまま涙ひとつ見せなかったけど、その人が姿を見せた瞬間、深く頭を下げて、目頭を押さえたんだった。

すみません、と何度も頭を下げた母の姿を見て、何故父を亡くした母が謝らなければならないのか千鶴にはわからなくて、記憶に残っている。

母親をいじめる人なのかどうか、その男性を見上げていた千鶴に対して――祖父は、頭を撫でてく

れた。

祖父は千鶴たちを放っておいたわけじゃない。

気にかけていてくれたんだ。

ちゃんと、会いに来てくれた。

「……っ」

千鶴は唇を噛んで、更にページをめくった。

大きくなるにつれて、士郎の表情が穏やかになっていく。

老いていく祖父と士郎は本当に親子のように仲が良く、笑っている写真しかない。

士郎も無防備に猫耳を出している姿が多い。

こんなアルバムを、仕事場とも言える書斎の机上に広げたままにしているなんて、祖父は相当な親バカだったに違いない。

そういえば千鶴の母も、何かにつけて写真を撮りたがる人だったっけ。

千鶴が高校生になっても、散髪をしたといってはカメラを向けてきた。

千鶴は被写体になることの気恥ずかしい感じを思い出しながら写真を一枚一枚丁寧に見つめた。

思わず、笑みが溢れてくるような、平和そうな写真だ。

ページをめくる。

祖母が亡くなったのはいつか知らないが、いつからか祖父と士郎が一緒に写ることが少なくなった。

祖父が士郎を撮るか、士郎が祖父を撮っているようだ。

ほとんどは屋敷の中の写真だが、中には庭園でバーベキューをしているものもあった。

千鶴は机に頬杖をつきながら、今にも笑い声が聞こえてきそうなアルバムを見つめていた。

すると、開けっ放しだった扉の向こうから声が聞こえてきた。

「千鶴」

「！」

士郎の声だ。

弾かれたように顔を上げると、千鶴は椅子を立ち上がった。

「士郎さん」

追ってきてくれたのか。

本当は自分から謝りに行かなければいけないのに、千鶴は嬉しいと感じてしまうのを抑えきれなかった。

千鶴は慌てて机を離れると、扉に駆け寄った。

「千鶴」

士郎は書斎の中に千鶴の姿を認めると、どこかほっとしたような表情で振り向いた。

「書斎にいたのか。急に走っていくから――」

「士郎さん、さっきはすみません。……あの、」

千鶴が頭を下げてさっきの非礼を詫《わ》びようとした、その時。

ふと表情をこわばらせた士郎の目が、ざわっとその色を変えた。金と青色に輝いて、瞳孔が細くなる。

「――机のものに、触れたのか？」

「え？」

唸るような声で言った士郎の頭から、ゆらりと耳が現れた。

後ろに向かって倒れて、怒りを表している。耳を見るまでもない。うってかわって険しい表情を浮かべた士郎は、千鶴に向かって敵意剝き出しで、隠そうともしてない。

「す、すみません。あの――」

千鶴は机を振り返った。

机上にはアルバムを広げたままで、千鶴が慌てて立ち上がった椅子も引かれている。士郎は双眸を細めると、室内を一瞥した。

「博士の研究に、触ったのか!?」

腹の底から響くような、冷たい声。

今までに見たこともないような士郎の様子を目の当たりにして、千鶴は怯《ひる》んだ。氷を背中に流し込まれたようだ。怖い。

士郎の表情が歪《ゆが》む。

一瞬、士郎が泣き出すのかと思った。

「この部屋は博士のものだ！」

掠れた声で、士郎が怒鳴る。

開け放ったままの扉を示すと、硬直した千鶴を刺すような目つきで睨みつけた。

「お前の部屋じゃない！　出て行け」

「あの、士郎さ――」

言いかけた千鶴に、士郎はさっさと背を向ける。

これ以上口を利く気もないとでもいうように。

天窓から降り注ぐ日差しの中に佇む机を振り返った。

まるでそこだけ、時間が止まっているかのようだ。

写真の中で、士郎は笑っていた。でもそれは、祖父にだけ向けられたものだ。

千鶴は目を伏せると、士郎のあとに続いて書斎を後にするしかなかった。

＊　＊　＊

翌朝、千鶴は一人分の朝食を用意しながら何度目かのため息を吐いていた。

起床してから、一時間。もう数週間分のため息を吐いているような気がする。

昨日書斎で士郎に怒鳴られてから、気持ちがたっぷりと水を含んだように重い。少しでも押したら、じわっと雫《しずく》が漏れ出てきそうだ。

なんとかそれを抑えるために、ため息を吐いている。そんな気分だ。

食欲もわかない。

サラダとパンを用意したものの、のろのろと食べている間にお昼になってしまいそうだ。

一人で過ごすには、この屋敷は広すぎる。

大きな食卓に、以前はたくさんの人が席についていたのかもしれない。でも今は千鶴一人きりだ。

ただでさえ千鶴は母を亡くしてから、一人で食事を摂《と》ることが苦手で友達をよく食事に誘ったりしていたのに。

士郎が千鶴のことを同居相手として認めないのなら、そもそも遺産の相続なんて無理だ。

千鶴だってこんな広い家で、一人で過ごしたくない。

だいたい士郎は、人目を忍ぶ必要こそあれ一人で普通に生活できるんだから、祖父は士郎を養子に入れて士郎に遺産を相続させればよかったのに。

そうすれば千鶴は祖父の存在も知らないで、士郎にも会わずに、いられたのに。

「……はぁ」

またため息を吐いてしまった。

士郎がどうしてあんなに怒ったのかは、なんとなくわかる。

大事な祖父の思い出が詰まった書斎を、触られたくなかったんだろう。

家族を亡くした悲しさも寂しさも、千鶴なりにわかっているつもりだ。

でもどうしても、士郎に謝りに行く気がしない。

一度目は千鶴が士郎にひどいことを言ってしまったのに、士郎から来てくれた。

それなのに。

千鶴は昨晩ベッドにも入らずにずっと、士郎の部屋に謝りに行こうかどうしようか迷っていた。もしかしたら士郎にとっては謝って許されるようなことじゃないかもしれないけど、それでも千鶴は悪いことをしてしまったんだろうという自覚がある。

軽率な行動だった。

自分を責める気持ちは本当なのに、士郎のいる塔の手前で、どうしても足が止まってしまう。

千鶴が悪いのはわかっている。わかっているけど――なにも、あんなに怒ることはないじゃないか。

だいたいこの屋敷は、まだ相続すると決めたわけじゃないけど千鶴が受け継ぐ予定のものだ。元は博士の書斎かもしれないけど、いずれは千鶴のものになるってことだ。あんなふうに怒られる筋合いはない。

千鶴は腹の底からふつふつと怒りがこみ上げてきて、さっきまで食べる気もしなかったパンに齧《かじ》りついた。

千鶴は士郎の面倒を見るように祖父から頼まれているけど、そりゃ面倒を見るようなことは何ひとつできていないけど、でも、士郎の言いなりになるためにここにいるわけじゃない。

「――……」

とはいえ、同居する以上お互いの意思を尊重することは大切だ。

勢いあまって嚙みちぎったパンを咀嚼《そしゃく》しながら、千鶴はうつむいた。

尊重する気持ちはある。

あの時、士郎はひどく怒っていたけど、同時に今にも泣き出しそうな顔をしていたから。

士郎を傷つけるつもりはなかった。

ただ、士郎と一緒にアルバムを見たかった。

あの楽しそうな写真の一枚一枚にどんな思い出があるのか、士郎が写真に写ってるような笑顔で話してくれたらと、少し期待してしまった。

士郎と祖父はまるで家族そのものだったのに、千鶴は、拒絶されたような気がして。

「……っふ、……く……」

食べかけのパンの上に、涙が零《こぼ》れてきた。

堪えようと思うほど手が震えて、頬の上が濡れてくる。

「千鶴」

「！」

食堂の入り口から声がして、千鶴は慌てて顔を拭《ぬぐ》った。

まさか、士郎がこんな時間に自分から起きてくるとは思わなかった。しかも、昨日あんなに怒っていたのに。

扉から顔を背け、両手で目を擦る。

千鶴の気持ちはどうあれ、士郎を傷つけたのは千鶴の方だ。泣いてるなんておかしい。

「なんだ、朝ご飯もう食べてたのか」

士郎は欠伸混じりに言いながら、食卓に歩み寄ってくる。

まるで、昨日のことなんて何も感じさせないような声音で。

もしかしたら、千鶴に気を使わせないようにしているのかもしれない。士郎がそんなことに気を使うなんて、意外だった。

「め、……珍しいですね、士郎さんが自分から起きてくるなんて」

鼻声を悟られないように小さい声で言って、千鶴は濡れた掌を洋服で拭った。

しかし、士郎を振り返れば目も鼻も赤くなっているのがバレてしまうだろう。

「ご飯、召し上がりますか」

顔を見られないように千鶴は不自然に顔を背けたまま席を立った。

厨房でこっそり顔を洗えば、少しは見られる顔になるかもしれない。

謝るのは、それからだ。

「千鶴、……なんだ、怒ってるのか？」

返事を待たずに厨房へ逃げ込もうとした千鶴の手を、士郎が掴んだ。

「……いいえ」

そりゃ多少は怒ってるけど、お互い様だ。

士郎がなんでもないふりをしてくれるなら、千鶴だってそうしなければいけない。

「何を怒ってるんだ」

掴んだ腕を引き寄せて、士郎が千鶴の肩に腕を回した。

背後から覆いかぶさるように腕を回されて、顔を覗きこまれる。

「っ！」

千鶴は慌てて顔を伏せた。

心臓が士郎の触れた場所へ移動したみたいにどくどくと脈打って感じる。

水をたっぷり含んだみたいな気分が、士郎に触れられたら溢れだしてしまいそうなのに、体温が上がって、蒸発しそうな気さえする。

「千鶴？」

伏せた顔を追って、士郎が顔を寄せてきた。

「なんで怒ってるんだよ」

「――っ、」

まだ涙の残る頬に唇を押し付けた士郎が拗《す》ねたように囁くと、千鶴はかっとなった。

反射的に顔を上げると、驚いたような士郎の顔を睨みつける。

「別に怒ってません！」

突然大きな声を上げられた士郎の頭から、猫耳が飛び出てくる。

驚いたんだろう。

でも今は、そんなことも気にならない。

自分でも泣きたいのか怒りたいのかわからない。

どうして士郎に触れられるとこんなにドキドキするのかも。

「……怒ってるじゃないか」

目を丸くした士郎はそれでも千鶴の肩を抱いたままで、しかもまるで自分が不当に怒られたかのように耳を萎れさせる。

もしかして、士郎は本当に昨日のことを忘れたのか。

士郎がなかったことにしようとするなら千鶴もそうしようと思っていたけど、士郎が本当に忘れたというなら話は別だ。

千鶴は、昨日一睡もできなかったのに。

「怒ってるのはっ……士郎さんの、方じゃない、ですか……」

言っている途中で、視界が涙で歪んだ。

ボロボロっと大粒の雫になって頬を伝ってきて、千鶴は慌てて顔を伏せた。

「……俺は怒ってないだろ」

士郎が、千鶴の顔を肩口に押し付けるように力を込める。

その肩をぐっと押し返すと、士郎がそれに抵抗するように更に力を強めた。

しかし、千鶴が大きくしゃくりあげると、士郎は渋々、千鶴を解放してくれた。

「昨日は、……怒ってたじゃないですか」

自分から振り解いたくせに、士郎の腕が離れると急に寂しく感じた。

涙のせいで唇が震えてしまう。

何度唇を噛んでも、歯の根が合わなくなったように力が入らない。

「それは……お前が博士の研究を」

「僕は、お前じゃありません！」

士郎の言葉を遮って声を上げると、士郎が怯んだように尻尾の先を垂れさせる。

こんなの、子供じみたわがままだ。

だけど、千鶴は自分で自分を抑えきれなかった。

昨晩からずっと体の中で渦巻いていた感情が熱になって、涙になって、止まらない。

「だいたい、士郎さんは勝手ですよ。わがままばっかり言うし、僕の話も聞かないで怒るし……。おじいさんのことを話す時はあんなに嬉しそうなのに、僕の話なんて、全然」

言っている途中で頬の上をボロボロと涙の粒が零れ落ちてきて、言葉に詰まる。

慌てて千鶴がそれを掌で抑えようとすると、士郎が千鶴の肩に再び手を伸ばしてきた。

「研究の文献は、触ってません。そりゃ、見はしたけど……。僕は、アルバムを――……おじいさんとおばあさんの顔を見たことがなかったから、それに、士郎さんも」

しゃくりあげながら千鶴がとりとめもなく話している間、士郎は何も言わなかった。

ただ さっきよりも強く肩を抱いて、千鶴の髪に唇を埋めてじっとしている。

士郎は今どんな顔をしているのか、千鶴には見えない。

うつむいて涙を拭っている千鶴の脳裏には、昨日見た写真の士郎が笑っている。

「士郎さんは、僕にはあんなふうに笑ってみせたこと、一度も――……」

せきを切ったようにそこまで言いかけて、千鶴は慌てて口を噤んだ。

「千鶴?」

頭上で言葉を促そうとする士郎の低い声に、心臓がばくんと跳ね上がる。

――これじゃまるで、祖父に嫉妬《しっと》しているみたいだ。

千鶴は、士郎に笑いかけて欲しかった。意地悪な笑みじゃなくて、祖父に向ける無邪気な笑顔を見たかった。

士郎が祖父と過ごした時間の長さなんて、千鶴には埋められないのに。

埋められないからこそ。

千鶴よりも祖父の書斎を大事だとでもいうような士郎の態度に傷ついたし、腹が立った。

祖父より、千鶴を選んで欲しかった。

「千鶴」

押し黙ってしまった千鶴を不審がった士郎が、体を離して顔を覗き込もうとしてくる。

「！」

こんな顔を見られてはいけない。千鶴は身を捩って士郎から顔を背けると、再度腕の中から逃げ出した。

涙なんかよりも、こっちのほうがたちが悪い。

今、千鶴の顔はきっと真っ赤になっているだろう。

「おい、ちづ――」

「な、なんでもないです！　僕は別に、怒ってないので、……ご、ごめんなさいっ」

士郎の目を逃れるように千鶴がその場を逃げ出そうとすると、その肩を乱暴に引き戻された。

「！」

驚いて、目を瞠る。

思わず顔を上げた千鶴の目の前には、士郎の顔が近付いてきていた。

唇に、士郎の熱を感じる。

「——……」

ただ押し付けるだけの、短いキス。

しかし千鶴の動きを止めるには充分だった。

「どうしてすぐにどこか行こうとするんだ。俺の話を聞かないのはお前のほうだ」

返す言葉もない。

ぎこちなく視線を彷徨わせてうつむこうとした千鶴の唇を、士郎がまた吸い上げる。

一度、二度と短く啄んでから、下唇を食んで、牙の向こうから覗かせた舌先で促すように歯列を割られる。

「っふ、……士郎、さ——」

「わかってる。こういうのは、好きな人とするものだって言うんだろ」

間近で伏せられた士郎の目は、朝日に反射してキラキラと煌めいて見えた。

「そりゃあ、最初はよくわからなかったよ。本物を見るのは初めてだったからな」

千鶴の肌に唇を乗せたままひとりごちるように呟く士郎の声に、千鶴は顔を引いた。

「……本物？」

「博士の書斎でアルバムを見たんじゃないのか？」

アルバムなら見た。

千鶴は肯いて、それがどうかしたのかというように士郎を仰ぐ。

目を瞬かせて覗きこんだ千鶴に、士郎は苦い表情を浮かべると、小さく息を吐いた。

「……博士はずっと、お前の写真を送ってもらってたんだよ。お前の、母親に」

「！」

母がことあるごとに写真を撮りたがっていたことを思い出す。

それは自分たちのためだけじゃなくて。

息を呑《の》んだ千鶴の額に、士郎が唇を寄せた。

「博士はいつもそれを俺に見せながら、孫の千鶴だ、いつかお前に会わせる、って嬉しそうに話してた」

千鶴の視界が、また涙で霞《かす》んできた。

士郎の唇が降りてきて、それを丁寧に吸い取ってくれたけど、あとからあとからにじんできてしまう。

「俺は千鶴の写真を見るのが大好きだったよ。博士も嬉しそうにしてたし、——何より、千鶴はいつもめいっぱい笑ってたから」

そんなの、知らなかった。

自分が会ったこともない祖父に、そんなに大事に思われてたなんて。

その写真を、士郎がいつも見ていたなんて。

知らなかったのは、千鶴だけだったのか。

「俺はいつも博士の書斎で、千鶴の写真を見てた。早く会いたいって、ずっと、お前が来るのを待ってたんだ」

唇では追い付かなくなるほど涙が零れる千鶴の頬を、士郎の優しい指先が撫でる。

確かに士郎は初めて会った時、言っていた。

『お前をずっと待ってたんだ』——って。

あれは、祖父が千鶴に遺産を相続するからって言い残したからじゃなくて。

「本物の千鶴は写真より温かいし、柔らかいし、……可愛いし」

士郎は切なげに言葉を詰まらせた。

千鶴の胸が、ドキドキと高鳴ってくる。

何か士郎に言ってあげたいのに、何も出てこない。

「……だから、するんだよ。子供ができなくても、お前としたい」

士郎の唇が、千鶴の吐息を吸いながらゆっくりと降りてくる。

「教えてくれ、千鶴」

低く、掠れた声で士郎が囁く。

まるで、懇願でもするように。

「人間の『好き』は、どうしたら、お前に伝えられるんだ？」

士郎の表情が歪む。

士郎が泣き出すのかと思った。

「……士郎さん、ごめんなさい」

千鶴は背伸びをして士郎の首に腕を回すと、自分からその唇に吸い付いた。

「そんなの、僕にもわかりません」

「じゃあ、」

不安そうに眉根を寄せた士郎が、千鶴の腰に回した腕を震わせた。

「僕にわかるのは、……僕が士郎さんを好きってことだけです」

それを疑われたら、千鶴だってつらい。

士郎は目を瞬かせたあと、ゆっくりと双眸を細めて――もう一度、千鶴の唇を塞いだ。


天井から吊るされた、淡い色の天蓋が揺れる。

「――あ、……っは、士郎、さ……っもう、」

千鶴は士郎から絶え間なく与えられる口付けに溺《おぼ》れていた。

何の比喩《ひゆ》でもない。思うように呼吸ができないくらい執拗に舌を絡めとられ、互いのものが混ざり合った唾液を嚥下《えんげ》する。

士郎の背中に爪《つめ》を立てるように回した腕にも、もう力が入らない。

「もう？　……もう、何だ」

金色の目を薄く開いた士郎が優しく尋ね返すと、二人の唇をつなぐ唾液の糸が切れて、千鶴の顎先を濡らす。

士郎がそれを指先で拭うと、それだけで千鶴は肩を窄めて、ビクビクっと震えた。

「も、もう……っ、もう、だめ、……っです」

頭がぼうっとして、指の先までじんじんと痺《しび》れるようで力が入らないのに、士郎が身じろぐたびに全身が痙攣を繰り返す。

体のコントロールが効かない。

体だけじゃなく、気持ちまで掻き乱されるみたいだ。

ざわざわとして、灼《や》けつくように熱くて、少しでも士郎を感じていないと窒息してしまうかもしれない。

「駄目じゃないだろう？」

耳朶のそばで、士郎が笑ったように感じた。

その笑う吐息でさえ、千鶴の肌を粟立てる。

「なんだ？　その眼は」

思わず恨みがましい目を向けてしまったのだろう、千鶴の潤んだ目と視線が合うと、士郎が片眉を持ち上げた。

「俺のことが好きなんだろう？　……なら、どうされたって嫌じゃないはずだ。現に、千鶴の体は気持ちイイって言ってる」

「……！」

千鶴は、力ない手で士郎の肩をぺちん、と叩いた。

「うん？　何だ」

「――……っ士郎さんなんて、嫌いです……」

意地悪ばっかり言うし、いつも少し言葉が足りないし。

これからだってずっと一緒にいたら千鶴は振り回されてばっかりだろう。

でも。

「そうか。でも、俺は千鶴のことが好きだ」

肩を叩いた千鶴の手を取って、士郎がその手の甲に口付ける。

それだけで、呼吸もままならないくらい胸が苦しくなって、もっとたくさん、触れて欲しくなってしまう。

千鶴は士郎の手を振り払うと、その腕を士郎の背中に回した。

「……――僕だって、士郎さんのことが好きです」

嫌いなわけがない。

千鶴は士郎の背中に回した腕にぎゅうっと力をこめた。

嫌だって思っていたら、初めて士郎に会った日にさっさと屋敷を出て行っただろう。

遺産欲しさに屋敷に残っていたわけじゃない。

別に今だって、遺産が欲しいなんて少しも思ってない。

千鶴が欲しいのは遺された祖父の思い出と、それから、士郎の気持ちだけだ。

「嫌じゃないなら、駄目って言うのをやめろ」

低い声で唸った士郎に体を引き剝がされて、ベッドに押し付けられる。

「あ」

ピタリと密着していた肌が離れてしまうと急に肌寒く感じて、千鶴は士郎を仰いだ。

士郎は不機嫌そうな表情で、千鶴を見下ろしている。

でもその頭上で、純白の耳が不安そうにぴくぴくっと小さく震えていた。

「……だって、だめです」

それでも千鶴は顔を逸らして、呟いた。

「こんなに、したら……おかしくなっちゃいそうで」

士郎が、目を瞬かせた。

それから、ゆっくりと千鶴の首筋に唇を落としてくる。

「そうか」

千鶴の首筋を啄むように吸い上げながら、士郎が腰を揺らめかせ始めた。

「——お望み通り、おかしくなるまでシてやるよ」

もう既に一度士郎のものを注ぎ込まれた千鶴の中は、士郎が少し腰を突き入れるだけで入口から奥まで、どうしようもなく痙攣してしまう。

「っ、！　ぁ、あっ……だめ、士郎さ、……ッ！」

士郎がゆっくりと抽挿を始めると、千鶴の中から先に満たされたものが掻き出されて、漏れ出てくる。

それが互いの結合部に糸をひくように粘ついて、はしたない水音をたてた。

「もっと、と言うんだよ。千鶴」

士郎の腕が拘束するように強く千鶴の肩を抱きすくめる。

「——……っぁ、あっ……！　ぁ、や……っ！」

ベッドを弾ませながら士郎が激しく腰を打ち付け始めると、千鶴は身も世もなく背を仰け反らせ、身を捩った。

足先まで緊張して、呼吸もままならない。

でも士郎から少しでも離れていたくなくて、背中にすがる腕に力を込めた。

「千鶴、……っ」

鼓動より早い律動で千鶴の中を穿《うが》つ士郎が、苦しげに声を上げる。

千鶴は士郎の髪に指を梳き入れると、猫耳の付け根を撫でるように抱きしめた。

「士郎さん、——……っ士郎さ、っ……ぁ、あっ……もう、イっちゃ、あ……っ」

反り返った熱で執拗に体内を擦り上げられて、千鶴はもう自分が達しているのかどうかさえ、わからなくなっていた。

もうずっと、快楽の頂《いただき》にいるような気がする。

千鶴の下腹部は失禁でもしているように濡れそぼって、それでもまだ果てることを知らない。体中がずっと緊張して、士郎からの刺激に過敏になりすぎている。

「ひっ、ぅ……んぁ、あっ、あ……っもう――……！」

士郎の息遣いも荒く、掠れてきている。

何度も強く吸い上げられた首を反らして千鶴が何度目かの痙攣を収束させると、不意に士郎が千鶴の足を抱え上げた。

「っ、!? 士郎さん、っ」

目を瞠った千鶴の体を、士郎が反転させる。

「――っちょ、待っ……！ ん、ぁっ！」

滑りが良くなっているとはいえ、深々と貫かれたままの状態でうつ伏せにひっくり返されると、中で士郎の当たってる部分が変わって、千鶴はそれだけで身悶えた。

「千鶴」

背後からのしかかってきた士郎が、雄っぽい低い声で囁く。

後ろからの体勢のせいで、より深く入りやすくなっているのかもしれない。より強く突き上げられる感じがして、千鶴は思わず息を詰めた。

ドキドキする。

士郎に翻弄《ほんろう》されすぎて、自分がどうなってしまうのか。

「子供ができなくてもいい、とは言ったけど――――やっぱり、子供ができたら良かったな」

シーツに顔を埋めて呼吸を整えている千鶴の手を握って、士郎が指を絡めた。

「……え？」

首をひねって、背後の士郎を窺う。

そんなことを言われても、どうしようもない。

千鶴の胸を、不安が塞いだ。

「お前と家族になりたい」

「！」

背中を丸めた千鶴の腹部に腕を回して抱きしめた士郎は、祈るように目を瞑っていた。

家族。

千鶴がもし士郎の子供を宿すことができたら、その子を育てながら、士郎とずっと家族でいられる。

千鶴の母がずっと父を愛し続けていたように。士郎を産んでくれた両親のように。

士郎を育てた、千鶴の祖父母のように。

「……士郎さん」

千鶴は、指を絡めた士郎の手を強く握り返した。

胸を突き上げてくる、この泣き出したいような気持ちが士郎に少しでも伝わるように。

悲しさじゃなく、愛《いと》しさで、泣きそうだ。

「子供ができなくても、僕たちは家族になれますよ」

目蓋を開き、千鶴の顔を窺った士郎に笑いかける。

士郎の唇が、自然と落ちてきた。

「家族をつないでるのは、愛情です。……愛していれば、僕たちだって家族になれます」

吐息がかかるほどの位置で唇を寄せたまま、互いにしか聞こえないようなほどの声で囁く。

まるで内緒の婚姻でも結ぶかのように。

士郎が、小さく笑った。

「……そうだな」

再び士郎が目を閉じた時には、千鶴の胸にはもう不安もなくなっていた。

「千鶴。……愛してるよ」

千鶴の体をきつく抱きしめたまま、士郎が律動を再開させる。

ベッドが軋み、腰を上げた千鶴の背後からは士郎が動くたびに濁った汁が溢れ出て、腿を伝い落ちた。

「ぁ、……っは、士郎……っさ……！　僕、も……っ――」

背後で息を弾ませながら、士郎が背いたような気がした。

さっきよりも快感が深くなっている気がする。

以前よりも、さっきよりも、一秒前よりもずっと士郎を深く感じる。

千鶴はにじんでくる涙をシーツに隠しながら、何度も士郎の手を握り直した。

「ン、ぁ――……っ士郎さ、ぁ、もう、イク、……あ――……っ！」

士郎の腕の中で背中を大きく波打たせた千鶴は、何度目かの大きなうねりに身を任せる。

「あぁ、――……っ、俺もだ」

絞り出すような士郎の声。

士郎も、感じているのだろうか。

体だけじゃないもので深くつながったことで得られる、快感を。

余裕をなくした士郎の荒い吐息を千鶴が振り返ると、士郎の金色の目が、穏やかに千鶴を見つめていた。

「……一緒に、イこう」

士郎が囁く。

千鶴が肯くと、士郎が強く腰を落として、千鶴を貫いた。

「――……っ、ぁ……、あっ、あぁ……っ！」

頭が真っ白になるような強い快感に目を瞠った千鶴の中に、士郎の熱い奔流がどっと流れこんでくる。

シーツを掻き寄せて激しく痙攣する千鶴の体を、士郎が痛いほど強く抱きしめた。

もうどこへも逃さないというかのように。

＊　＊　＊

翌朝、重さの残る体を無理やり起こして、千鶴は士郎に気付かれないようにそっとベッドを抜け出した。

いつもは多少のことでもすぐ起きてしまう士郎も今日はぐっすり眠っているようだ。

例によって、猫耳も尻尾も出たままになっている。

千鶴はその耳の付け根に唇を押し付けると、天蓋をめくる。

士郎の部屋の大きな窓からは、既にいっぱいの日差しが差し込んできていた。

昨晩、たっぷりと士郎に愛されたおかげで、千鶴の体は大きく伸びをすることも躊躇《ためら》われる。でも、いい朝だ。

千鶴は床の上に散らばった服を拾い上げて慌てて——誰が見ているわけでもないけど——着ると、お風呂《ふろ》に向かう前に用事を済ませてしまおうとした。

が。

「……千鶴」

天蓋の中から、くぐもった士郎の声に引き止められた。

寝言だろうか。

千鶴が静止して様子を窺っていると、しばらく間を置いたあと、天蓋の裾《すそ》が揺れた。

千鶴を手招くように。

「ごめんなさい、士郎さん。起こしちゃいましたか？」

仕方なく、ベッドを覗きこむ。

士郎は布団の中から腕だけを緩慢に伸ばしている。

そうしていれば千鶴から来てくれるだろうという、甘えだ。

でもその甘えがどうしようもなく可愛く思えて、千鶴はベッドに腰を下ろした。

「まだ眠っていていいですよ」

「……どこに行くつもりだ」

目も開けられないのか、士郎は千鶴のそばでパタパタと掌を彷徨わせてから、千鶴のシャツの裾を握った。

まるで子供だ。

千鶴は唇に浮かんだ笑みを押し隠すように身を屈めて、もう一度士郎の猫耳に口付けた。

「どこへも行きません」

士郎の耳がぴるぴるっと震える。

でも、嫌がっているわけではないようだ。士郎は仰向《あおむ》けに寝転がると、千鶴の首に腕をかけて引き寄せた。

キスをする場所が違う、とでも言いたげだ。

そう思ってるのは千鶴の自惚《うぬぼ》れかもしれない。

でも、千鶴が士郎のしどけない唇の端を啄むと、士郎の目が片方、開いた。

「弁護士さんに、電話してこようかと思って」

「……弁護士？」

眉根を震わせた士郎の表情が陰る。

千鶴はその眉間《みけん》にも唇を落とした。

「おじいちゃんの遺産を正式に相続する意志をお伝えするためです」

士郎が、双眸を開いた。

「ちゃんとこの屋敷に住所を移して、ここで暮らします。……士郎さんと一緒に」

今となっては、祖父の遺言の条件は千鶴にとって真逆だ。

遺産を継ぐ代わりに士郎の面倒を見るんじゃなくて、士郎と一緒に暮らすために、遺産を相続する。

「……そうか」

「あ、でも」

安堵したように一度目を閉じかけた士郎に声をかけると、士郎がまた片目だけ開いた。

「僕は士郎さんのお嫁さんになるわけじゃないですからね」

千鶴がぐっと上体を起こすと、力ない士郎の腕が、ベッドの上に落ちた。

「僕が正式にこの屋敷を相続したら、僕がここの主人なんですから、士郎さんにはちゃんと僕の言うことをきいてもらわないと」

「なんだ、それは……」

大きなため息を吐いた士郎が、呆《あき》れたように寝返りを打って千鶴に背を向ける。

千鶴はその背中に布団をかけ直しながら、慎重に言葉を続けた。

「……士郎さん、僕はやっぱり、あの書斎に入ったらだめですか？」

ピクリ、と震えた士郎の猫耳が、こちらを向いた。

「士郎さんがおじいちゃんの研究に触られたくないって気持ちは、わかってるつもりです。士郎さんにとっては、大事な思い出なんだって」

千鶴にとって両親と士郎が比べられるものではないように、士郎が祖父と千鶴を比べるわけじゃないとしても。

それでも守りたいものがあるのは、わかる。

たとえ士郎がどんなに千鶴を愛してくれていても、それは譲れないかもしれない。

――でも。

千鶴はシーツの上で緊張した拳をぎゅっと握りしめた。

「――僕、おじいちゃんの研究を引き継ぎたいんです」

士郎の肩が小さく震えたかと思うと、少しの沈黙の後、士郎がベッドからゆっくりと身を起こして千鶴を振り返った。

「おじいちゃんの研究は、士郎さんと同じような亜人を探すことだったんですよね。僕はおじいちゃんみたいに学者というわけでもないし、難しい文献もわからないかもしれないけど……足で探したりは、できるかもしれないし」

あんなにたくさんの文献があっても祖父が探しだせなかったものが、千鶴に見つかるなんて思えない。

笑い飛ばされてもおかしくないのに、士郎は真剣な顔で千鶴を見つめていた。

「――俺にはもう、お前がいるだろう」

やがて困ったような表情を浮かべた士郎が、千鶴の頭をくしゃっと撫でた。

「仲間なんて探さなくても、俺には家族がいる。博士や、お前がいる」

「でも……！」

士郎の表情にはどこか寂しさがあるような気がして、千鶴は士郎の腰に腕を回して身を寄せた。

「それに、お前が全国を飛び回って亜人を探し始めてしまったら、俺はどうなる？　この家でお留守番か？」

布団から出た士郎の尻尾が、不安げに揺れている。

士郎を一人になんて、するはずないのに。

千鶴は士郎を抱きしめた腕に、ぎゅっと力をこめた。

「一緒に行きましょう」

「！」

驚いたように、士郎が目を瞠った。

その顔を仰ぐ。

「僕と旅行をするのは嫌ですか？」

士郎が言葉に詰まった。

顎を引いて千鶴の顔を見下ろした士郎の猫耳が、震えながら萎れていく。眉間に皺《しわ》を寄せて、口端を下げた士郎の視線が泳いだ。

「僕は士郎さんとたくさん色んな所に行ってみたいです。それで士郎さんの仲間が見つかったら、もっと嬉しい」

行く先々で、写真も撮ろう。

いろんな表情を浮かべる士郎をたくさん撮って、祖父母に負けないくらい分厚いアルバムを作る。

屋敷の外で士郎と一緒に歩くのは、想像するだけで心が弾んだ。

千鶴が士郎の胸に顔を埋めると、頭上から士郎のため息が聞こえた。

しかし背後で嬉しそうに立った尻尾は千鶴の腕にすり寄ってくる。

千鶴が頭上を窺うと、士郎は呆れたように笑っていた。

「……まったく、俺のご主人様は強引だな」

「僕の可愛い猫さんと、どっちが困りものですか？」

言い返してやると、士郎が大袈裟《おおげさ》に天を仰ぐ。

「負けた」

肩を落とした士郎の唇に千鶴は笑いながら首を伸ばして、キスを仕掛けた。

# ネコミミ王子の花嫁

「士郎《しろう》さん、山が見えてきましたよ、山！」

山間《やまあい》を電車が駆けていく。

あまり滑らかとはいえないレールの上を、ガタゴトと車体を小刻みに揺らしながら、のんびりと電車は進む。

その車窓に鼻先を押し付けるようにして千鶴《ちづる》が言うと、隣からはわざとらしい士郎の寝息が聞こえてきた。

「ちょっと、士郎さん！　寝ないでください！」

唇を尖《とが》らせて士郎を振り返る。士郎は座席の肘掛《ひじか》けに頬杖《ほおづえ》をついて、寝たふりをしていた。

シンプルな薄手のカットソーに、淡い色のジャケット。頬杖をついた腕は袖《そで》から骨ばった手首が覗《のぞ》いて、こめかみの辺りを押さえた指先がすらりとしていて長い。

「ぐうぐう」と小学生でもいまどき言わないようなわかりやすい狸《たぬき》寝入りをしている士郎の伏せたまつげは驚くほど長く、もうすっかり見慣れたはずの千鶴でも思わず見蕩《みと》れてしまうような端正な顔立ちをしている。

「――何をじっと見てるんだよ、人の寝顔を。いやらしいやつだな」

「っ！　ち、違います！　見蕩れてなんか……！」

言ってしまってから、千鶴はハッとして両手で自分の口を塞《ふさ》いだ。

寝たふりをしていた士郎が頭を起こして、千鶴の伏せた顔を覗き込んでくる。

「へえ、見蕩れてたのか。俺《おれ》に？　俺の寝顔なんて飽きるくらい見てるだろう？」

かーっと耳まで熱くなって、背筋に汗が伝うのがわかる。

首を竦《すく》めて車窓のほうへ顔を背けようとすると、士郎が隣の席から腕を伸ばして窓ガラスを押さえた。千鶴の体を閉じ込めるように。

「ミトレテマセン」

「じゃあ何でそんなに真っ赤になってるんだ？　千鶴。ん？」

身を縮ませた千鶴に、士郎が二人掛けになっているボックスシートを詰めるように身を寄せてくる。

恥ずかしさに全身を熱くさせていることも、既にばれてしまっているだろう。

あぁ、もう、穴があったら入ってしまいたい。

「可愛《かわい》いやつだな、お前は」

口を両手で覆ったまま硬直した千鶴の耳にチュッとリップノイズを響かせてキスすると、士郎はそれで許してやるとでもいうように身を離してくれた。

ほっとしたような、ちょっと物足りないような、複雑な気分だ。

「……それで、あと何時間この退屈な電車に乗っていればいいんだ？」

「退屈だなんて言わないでくださいよ、もー」

千鶴から離れた士郎がまた退屈そうに頰杖をつくと、千鶴は思い出したようにまた唇を尖らせた。

せっかく士郎と初めての旅行に漕ぎ着けたっていうのに。

東京から新幹線に乗り三時間。目的地の隣の県でこのローカル線に乗り継いでから既に約一時間。

最初は少なからずこの旅を楽しんでくれている様子だった士郎も、次第に疲れてきたのか、欠伸《あくび》をしている時間のほうが多くなってきた。

確かにちょっと長旅かもしれないけど、移動中の会話や景色を楽しむのが旅の醍醐味《だいごみ》だ。

ずっと裕福ではない暮らしをしてきた千鶴にとっては学校での修学旅行以外で旅に出るなんて初めての経験だ。

何より士郎と一緒に旅ができることが嬉《うれ》しい。初めての経験を士郎と一緒に叶《かな》えることができるのだ。素直にそう言うと、士郎だってあんなに喜んでくれたのに。

学校にさえ通っていなかった士郎には修学旅行もなかったらしい。

翻訳の仕事でどうしても出かけなければいけない時にはタクシーや電車での移動をしたけど新幹線に乗ったのは初めてだったみたいだし、飛行機なんてもってのほかだと言われた。飛行機が使えればもう少し移動時間は短くて済んだけど、それでも士郎と一緒ならいくら時間がかかっても楽しいに違いない、と千鶴は思っていた。

思っていたんだけど。

「さっきから山だの田んぼだの、……屋敷の庭とどう違うんだ」

あきれたような顔つきで車窓を一瞥《いちべつ》する士郎は、すっかりこの旅に飽き始めている。

「全然違いますよ！　自然の景色っていうか、広大だし、すごく開放感があるし」

「お前、屋敷で窮屈な思いをしてるのか？」

ふと表情を曇らせた士郎の視線に気付いて、千鶴は目を瞬《まばた》かせた。

「まさか！」

座席から飛び上がらんばかりの勢いで千鶴が大きく首を振ると、それが可笑《おか》しかったのか、士郎がふはっと息を吐き出すように笑った。

屈託のない、力の抜けたような笑顔が柔らかく、千鶴の心を擽《くすぐ》る。

その表情は屋敷の中にいても見られるかもしれないけど、でも後でこの旅を思い出す時、田園風景を映し出す車窓の風景とともに士郎の笑顔が千鶴の心のアルバムに強く刻まれているだろう。それがすごく、嬉しい。

「士郎さん、記念写真撮りませんか？　記念写真」

はっと思い立って、千鶴は向かい側の席に置いた鞄《かばん》を手繰り寄せた。

「またか。……お前電車の中だけで何枚写真撮れば気が済むんだよ」

「何枚だって撮りたいんです！　……だってお祖父《じい》ちゃんの遺《のこ》してくれた士郎さんの写真はたくさんあるけど、僕に向けてくれた士郎さんの顔はまだ少ないから」

今回の旅行の目的は、二つあった。

一つは士郎と一緒に外の世界に出て、もっといろんな士郎の表情を見て、写真もたくさん撮ること。

祖父の遺してくれたアルバムの写真は士郎が大きくなるにつれて少なくなっていったし、祖父が年老いて入退院を繰り返すようになるとますます減ってしまっていた。

立派な大人になった士郎の写真を——祖父の知らない未来の士郎の写真を遺すのは千鶴の使命のように思えた。

それに、千鶴の胸の中にはやっぱりまだ少し、祖父へのやきもちの気持ちがある。

祖父が士郎に向けたカメラに、士郎はあどけない表情で笑っていた。気を許した、ただ一人の肉親への安心感が手にとるように見えた。

千鶴の前でも、士郎はあんなふうに気を許してくれているだろうか。

もっとたくさん士郎の表情を見たい。士郎のことを知りたい。五歳の時から二十年もの間、祖父と士郎が築き上げてきた関係に、千鶴も早く追いつきたい。士郎の一番になりたい。

「俺一人で写ってもしょうがないだろ」

千鶴が祖父の遺産を相続してまず購入したデジタルカメラを構えると、肩で大きくため息を吐《つ》いた士郎が千鶴の腕を摑《つか》んだ。

「っちょ、士郎さん危ない……！」

カメラを落としてしまいそうになった千鶴が抵抗するように身を引くと、士郎の体が覆いかぶさってきた。

「っ！」

顔がぐっと近づいて、また体温が急上昇する。

「旅の記念なら、二人で一緒に写らなきゃ意味がない」

ぎゅっと目を瞑《つぶ》った千鶴の頰に士郎の吐息がかかったかと思うと、頭上でシャッター音がした。

「え?!」

気付くと、カメラを握った千鶴の手に士郎の掌《てのひら》が重なっている。

でも果たしてレンズがちゃんとこちらを向いているのかどうかはわからない。

「ちょっ、士郎さん……！」

「何だ」

それにしても、顔が近い。

結局また車窓に追い詰められるように体を寄せられて、千鶴の吐息を吸うように唇を近付けられているし、シャッターも何度も下ろされている。ほとんど連写状態だ。

なんだかそのシャッター音が士郎の愛撫《あいぶ》のように感じられてきて、千鶴はますます恥ずかしくなった。

「またそんなに顔を赤くして。……こんな場所で俺を誘うなよ」

「さ、誘ってなんか……！」

うろたえた千鶴を見つめる士郎の目は金色と青色に光り輝いて、濡《ぬ》れたような黒髪から純白の猫耳が飛び出している。

「っ！　士郎さん、こんなところで……！」

慌ててその頭に手を伸ばして隠そうとすると、士郎の頭を抱き寄せてしまった。

「大丈夫だ。この車輛《しゃりょう》には俺たちの他《ほか》に、誰《だれ》もいない」

甘い声で囁《ささや》く士郎の唇が千鶴の輪郭をなぞり、首筋に落ちていく。

車輛に二人きりであることにはさっきから気付いていたけど——だからこそ千鶴も大きな声ではしゃいでいたのだけど、だからって、公共の場所でこんなことして良いわけじゃない。

それを教えて、拒まなければいけない、のに。

「んぁ、っや……！」

上ずった声が溢《あふ》れてしまうのを、士郎の髪に埋《うず》めて抑える。

その間も士郎はカメラのシャッターを切っている。もう、何から止めさせればいいのかわからない。

――その時。

「間もなく終点～、終点でございます。降車の際は、お忘れ物などのないように……」

年老いた車掌の車内アナウンスが聞こえた。

窓の外は、いつの間にかすっかり山の中だ。

「し……っ、士郎さん、着きました！」

千鶴は半ば強引に士郎の体を引き剝《は》がすようにして腕を突っ張った。

まさにここが、旅の目的地だ。

ずっと祖父の遺した亜人の資料を読み耽《ふけ》っていた千鶴が、何度も出てくる地名に気付いてそれが現在でいうどこなのか突き止めた結果。

この山間にある小さな無人駅からさらに山中に入って、徒歩で二十分。地図にもないような場所にある小さな村はその昔、亜人《あじん》が棲《す》んでいたという。

その頃《ころ》既に足腰が弱くなっていた祖父には現地に足を運ぶことも叶わなかったようだけど、千鶴なら。

もちろん祖父が生涯を賭《と》して研究してきたものを千鶴が簡単に見つけられるはずなんてないとわか

っているけど、きっと祖父が健脚なら行動しただろうから。それに、士郎と一緒に行動できるなら、無駄足だってかまわない。

相変わらず他の亜人なんて興味がないと言っていたけど、不満そうな顔で千鶴から離れた士郎はゆっくり停車する電車の外の景色に、神妙な面持ちを浮かべていた。

その昔、人々から妖怪《ようかい》と怖れられた「猫又」は、人や家畜を食い荒らすと言われていた。

多くは山の中に追いやられ、たまに人の姿に化けて人里へ降りてきては悪さをはたらいたり、山を通る旅人などを脅《おびや》かした。

その猫又たちの子孫が現代のこの世になっても人知れず残っていて、ひっそりと息を潜めるように生活している――というのが、祖父の遺した文献に書かれていた。

「本当にこんなところに村があるのか？」

何もない駅前を離れ、山道を登ること三十分。

まだ日の高い時間だというのに頭上はるか高く生い茂る木々に光を遮られて薄ら寒いくらいの登山は、体力のない千鶴には過酷なものだった。

「徒歩で二十分だったんじゃないのか」

反対に、いつも家に引きこもって庭の掃除もしない士郎は息も切らしていない。

太い木の根がごつごつと剝《む》き出しになっている山道も軽い足取りで進んでいく。

「不公平だ……」

千鶴は先を進んで辺りを見回している士郎に何とか追い縋《すが》りながら、不平を漏らした。

千鶴だって小さい頃から新聞配達に勤《いそ》しんだ脚力、工事現場でならした体力があるはずだったのに。

そういえば祖父の遺産である屋敷に越して以来、することといえば庭と屋敷内の掃除だけで、それも使用人の高橋《たかはし》が来る日は先回りして片付けられてしまう。

あと千鶴がしていることといえば昼頃に起きてきた士郎の世話と――ベッドの上での運動くらいで……。

ただでさえ息を切らしているのに、どっと鼓動が跳ね上がると、千鶴はついに足を止めた。

この旅行を終えて屋敷に帰ったら、運動をしよう。屋敷の周りを二周三周するだけでも十分な運動になるだろう。

「うん、そうしよう」

「何を一人でぶつぶつ言ってるんだ」

「！」

突然の声に驚いて顔を上げると、先に行っていたはずの士郎がすぐ目の前に立っていた。

驚いてバランスを崩しそうになると、その肩を強引に抱き寄せられる。

「担いで行ったほうが早そうだな」

「っ、大丈夫です！」

千鶴が目の前の脇腹《わきばら》をやんわりと押し返すと、頭上で士郎の短い笑い声が聞こえた。

それに、予定ではもうすぐ村が見えてくるはずだ。というかとっくに到着している予定だ。

「たぶん道は間違えてないと思うんだけど……」

休憩ついでにその場で足を止めたまま、千鶴はポケットのスマートフォンを取り出した。GPS機能を使って、現在地を表示する。それを祖父の文献からコピーしてきた昔の地図と照らし合わせると、確かにこのあたりに村があるはずだ。

「昔はあった、ってことだろ」

士郎の声を搔《か》き消すように頭上の木から鳥の羽ばたきが聞こえた。驚いた千鶴が思わずびくっと竦みあがると、肩を抱いた士郎の腕が強くなる。千鶴は士郎の脇腹にあてがった手で、薄手のジャケットをぎゅっと握り締めた。

「確かに、十年前の資料の時点で既に限界集落とはされていましたけど……」

だからといって、ここにかつて村があったんだろうという証拠でも見ない限り、諦《あきら》めきれない。

実際、祖父は何もなくなってしまったかのような村の跡地に一人取り残された士郎を拾って育ててきたのだから。

「亜人は本来、長生きとされている」

士郎の低い声に、千鶴ははっとして顔を上げた。士郎はどこか遠くを見るような、複雑な面持ちを浮かべていた。

「でも実際は長生きできる亜人なんていないんだよ。……みんな人間に狩られてしまって、寿命を全うできない」

「――……」


千鶴は士郎の腰に腕を回して、自分から強く抱き寄せた。

士郎が両親や身近な人たちを亡くしたのは五歳より幼い頃だけど、それでもその絶望感は強く刻まれているんだろう。千鶴の祖父が認めた使用人でさえ信用できないと思うくらい。

だからこそ千鶴は、士郎を同じ気持ちを共有できるかもしれない亜人に会わせてあげたいと思っているけど――もしかしたらそれは千鶴のお節介なんだろうか。逆効果かもしれない。

こうして、村がなくなってしまった現実だけを見続けるくらいなら旅なんてするべきではないのか。

「千鶴」

胸に顔を埋めるようにして抱きついた千鶴の髪に、士郎の唇が落ちてきた。

顔を上げると、鼻先、唇と啄《ついば》まれる。

ちょっとくすぐったいようなキスに千鶴が首を竦めて笑うと、士郎も笑いながら千鶴を両腕で抱きしめた。

「あと三十分歩いて見つからなかったら、一度宿を探しに戻るか。また明日も時間はあるんだろう」

頬に唇を押し付けたまま士郎が優しく囁くと、千鶴の胸がふわっとあたたかくなって、泣きそうになってくる。

もしかしたらこんなの千鶴の意地で、我侭《わがまま》かもしれないと思っていたのに。

「……はい！」

嬉しくなって、千鶴が飛び跳ねるように士郎の唇に吸い付くと、それも優しく受け止めてくれる。

けど。

「まぁお前が明日、歩けるような体かどうかは知らないけどな」

あわせた唇を士郎がにやりと歪《ゆが》ませる。

「？　筋肉痛でってことですか？　それなら、この近くに温泉があるので……」

「違うよ」

村の場所とともに調べておいた温泉情報を表示しようとすると、ひょいと士郎に抱き上げられた。横抱きにされて、膝の裏に腕を差し入れられる。疲れきった足が急に楽になるのと同時に、不慣れな不安定さに、千鶴は思わず士郎の首にしがみついた。

「っ！」

「……今夜は寝かせない、って言ってるんだよ」

悪戯《いたずら》っぽい視線で千鶴の顔を覗き込んだ士郎の目が、ほんのりと光を帯びる。薄暗い山の中できらりと光った猫目が、千鶴の胸をどきどきと高鳴らせた。

「そ、そんなこと……士郎さんだって今日は初めての旅行で疲れて、ぐっすりよく眠れる……」

「人間の恋人同士が泊りがけで旅行をするのは婚前旅行といって、その晩は激しく求め合うものなんだろう？」

「っ、どこでそんな話仕入れてきたんですか！」

士郎が声を上げて笑う。士郎に抱えられた体が熱くて、力が入らなくなってきそうだ。

あきれたふりをして士郎の肩口に額を押し付けると、その体がゆっくり揺れた。千鶴を横抱きにしたまま士郎は山中を歩き始めていた。

「っ、士郎さん、あの、僕大丈夫ですから……！」

いくら士郎でも、成人男性一人抱いたまま山歩きなんて。

あわてて千鶴が降りようとすると、その首筋にちゅっと吸い付かれた。

「夜のために体力を温存してもらわないとな」

「――……っ、」

楽しそうにほくそ笑む士郎は、多分本気で夜寝かせてくれないつもりなのだろう。

いったいどれだけの快楽で責められてしまうのか――努めて考えないようにしても、千鶴の体はかーっと熱くなってきてしまう。ただでさえ士郎にこんなに密着するような格好で抱かれていては。

「……っもう、知りませんからね」

いっそこの登山で士郎の体力が尽きてしまったら。

……それはそれで寂しいかもしれない。

千鶴だって、士郎と初めての旅行の夜に期待していなかった、とは言えなくもないのだから。

「千鶴、分かれ道だ。これはどっちに進めばいい」

「あっ、はい。えーっと……駅がこっちにあったから……」

スマートフォンを回転させて、進行方向を合わせる。

千鶴は顔を上げて、目の前でY字に分かれた道を見比べた。どちらも先は長く山道が続いていて、村があるようには見えない。

やっぱり一度引き返したほうがいいのだろうか。

「お客さんたち、どちらに行きなさるのかね？」

千鶴が気持ちを塞ぎかけたその時、不意にしゃがれた声が聞こえて、千鶴は士郎の腕の中でびくんと震え上がった。

士郎が体ごと振り返ると、千鶴の視界も変わる。

そこには士郎の腰ほどの身長の、お婆さんが立っていた。


「助かりました！　すっかり道に迷ったと思っていましたから……」

「そうだのう。こんな何もない村を訪ねてくる者もおらんでの、何の目印も立てとらんのじゃ。――ほれ、あそこが猫目村《めこめむら》じゃよ」

老婆の大きな荷物を持ってあげながら後をついて更に歩くこと、二十分。

小高い丘を越えたところにその村はあった。

見下ろした限り、家の屋根は大小あわせても十に満たない。棲んでいる人も齢《よわい》八十を超えた人がほとんどで、かろうじて電気が通っている以外、上下水道もなく、井戸水で生活しているのだという。

峰状に連なった山の間のわずかな平地に作られたその集落は人目を憚《はばか》るようにひっそりとしていて、しかしここに来るまでの薄暗い山道とはうって変わってたっぷりと日の光が注がれていた。

どの家の裏にも畑があって、数人のご老人が畑を耕している姿が見えた。

これだけ市街地が遠いと、自給自足していくしかないのだろう。

千鶴が運よく出会えた老婆も月に一度の買い出しのために山を越えてきたところだという。

「……しかし、こんな寂れた村に何の用じゃな？」

村を見下ろして目を輝かせていた千鶴を訝《いぶか》しむように老婆が眉《まゆ》を顰《ひそ》めた。

「あっ、あの……」

まさか亜人探しにきただなどと言えない。

祖父の研究資料を整理していたら、祖父は民俗学者で、——とあらかじめ用意してきたはずの台詞《せりふ》がこんがらがって、出てこない。

と、慌てた千鶴を遮るように士郎が割って入ってきた。

「怪しいものではありません。古い村に伝わる民話などを伺いたいと思ってまいりました」

穏やかな口ぶりで微笑《ほほえ》みを浮かべた士郎の表情は、千鶴がそれまで見たことのない、対外的な態度だった。

亜人のいるところを探すためにたくさんの知らない人間と関《かか》わることは、士郎にとってあまり心地良いものではないはずなのに。

千鶴がしっかりしなくてはいけない。

庇《かば》ってもらってしまった士郎の大きな背中を見上げながら、千鶴はかたく心に誓った。

「ところで、村にはどうやって下りるのですか？」

見たところ、村の見下ろせる丘から階段などは出ていないようだ。ぐるっと山を回り込むように緩やかな坂道がある……というようにも見えない。

千鶴が老婆に尋ねると、老婆は手に持っていた杖をひょいと前方に指し示した。

「ここに道があるじゃろ」

千鶴が何を疑問に思っているのかと聞き返すかのように、老婆はしれっとしている。

しかしその杖の指す先は、傾斜のきつい、道とも思えないような——まさに獣道があるだけだ。

躓《つまず》いたら最後そのまま転げ落ちてしまいそうだ。

「また担いでやろうか？」

思わず後ずさった千鶴の背後で、士郎が笑った。

両手に持った老婆の荷物をぎゅっと握りなおす。

旅行に行きたいと言い出したのは、千鶴だ。士郎に頼ってばかりじゃいけない。

「大丈夫です！　……多分」

老婆も降りられるような坂道なんだし。

——その考えが甘かったことに気付いた時にはもう、千鶴の足は傷だらけになっていたのだが。

＊　＊　＊

十棟にも満たない集落も、三割は既に空き家になっていた。

村の東側にはここで亡くなった方々のお墓が並んでいて、白い花が咲き乱れていた。お墓にこの白い花を添えるのはこの村の風習なのかもしれない。

見たところ野草のようだけど、小さな白い花に黄色い蕊《しべ》をつけていて、少し梅の花にも似ている。花の近くにある葉は白く変色しているものもあった。

「これ、何の花なんだろう？」

どこに手がかりがあるかもわからない。

千鶴はしきりに村で見たものをメモしながら、村の中を散策していた。

「千鶴、あまり何にでも触るなよ。山の植物には肌がかぶれるものもある、と博士から聞いている」

花に伸ばしかけた手をあわてて引っ込めて、千鶴は士郎を振り返った。

「……なんだその顔は」

知らず、顔がにやけていたかもしれない。

千鶴は慌てて両手で自分の頬を押さえると、村の方々のお墓に一礼して、踵《きびす》を返した。

「お祖父ちゃんが士郎さんにそう言ったってことは、士郎さんも小さい頃なんにでも触ってみる子供だったんだなって思って」

祖父のアルバムで見たあの小さな士郎がじゃれついている姿を想像すると、可愛くて仕方がない。抑えようとしても頬が緩んでしまう。

「うるさい」

士郎から頭を掻き混ぜるように押さえつけられる。千鶴が笑い声を思わず漏らすと、近くの家の畑で農作物を収穫していたお爺《じい》さんが怯《おび》えたような目でこちらを窺《うかが》って、すぐに家の中に隠れてしまった。

「あ……、」

老婆は好きに村の中を見ていってくれて良いと言ってくれたけど、どうやら千鶴たちはあまり歓迎されているとはいえないようだ。

せめてこの村に亜人――猫又の民話でも残されていたらと、思ったんだけど。

猫目村といわれている由来も、気になるところだ。インターネットで調べた限りでは、猫の目のように細い三日月形をしているからじゃないかというだけだったけど。

静かで、何の変哲もない村に見える。

出会う人たちは噂《うわさ》通りみんな――といってもまだ数人を見かけただけだけど――年老いていて、千鶴たちよそ者を見るとそそくさと家の中に隠れてしまう。

千鶴が明るく挨拶《あいさつ》をしても、返事はない。

そのわりに、道すがらの家々から妙な視線を感じることもあった。

観察されているのか――そう思うとちょっと背筋が寒くなるようで、あまり長居したい場所のようには思えない。

でもこんなところまできて、手がかりの一つもないまま帰るのも気が引けてしまう。

「士郎さん、何か感じたりしますか？」

士郎も千鶴と同じような居心地の悪さを感じているだろうかと思ってその涼やかな顔を仰ぐと、士郎は乱雑にガシガシと頭を掻いていた。

「さあ、俺は今まで他の仲間に会ったこともなかったからな。匂《にお》いも何も、わからない」

そう言いながら、士郎の様子は落ち着かないように見えた。

頭を掻いていたかと思えば、乱れてしまった髪を撫《な》で付け、顔をむず痒《がゆ》そうにしている。

「士郎さん？　どうか――」

しましたか、と尋ねようとした時、千鶴の鼻先に雫《しずく》が落ちてきた。

空を見上げると、瞬く間に雨粒が勢いを増してあっという間に目の前が白くなるほどの豪雨に見舞われた。

「うわ……っ、すごい雨！」

「千鶴、こっちだ」

まさにバケツをひっくり返したような雨に驚いている千鶴の腕を、士郎が引いた。

一番近くにあった小さな木造平屋の軒先に駆け込む。

舗装のされていない足元はすぐに泥だらけになって、既に大きな水溜《みずたま》りがいくつもでき始めていた。

さっきまで畑仕事をしていたおじいさんたちは大丈夫だろうか。千鶴が視線をさまよわせても、数メートル先さえも見えないくらいのすごい豪雨だ。

「山の天気は変わりやすいって言うからな……」

すっかり濡れてしまったジャケットを脱いで、頭をぶるっと振るった士郎が漏らす。

もうすっかりさっきの落ち着かない様子はなくなっていた。

もしかしたら、雨が降る前に猫が顔を洗うようなものだろうか。

「……なんだ？」

思わずまたじっと士郎の顔を見つめてしまった。

「なんでもありません」

千鶴が慌てて顔を背けると、濡れた髪を士郎がジャケットで払ってくれた。

「っ、そんなことしたら上着が……」

「もう濡れてるんだから、構わないさ」

士郎はジャケットで千鶴の髪を拭《ぬぐ》い、肩の雫も払ってくれた。

「……ありがとうございます」

士郎の優しさがなんだかこそばゆくて、千鶴ははにかんだ。その表情を見て、士郎も一瞬顔を顰《しか》めて、ぷいとそっぽを向く。

しかしその頭のてっぺんからは白い猫耳がのぞいていた。

「士郎さん！」

ぎょっとして、士郎の濡れたジャケットを頭からかぶせる。

「こんなところで急に出さないでください……！」

声を潜めながら、同じくして生えてきた長い尻尾《しっぽ》をやんわりと掴んで押し隠す。

以前士郎が言っていた通り、猫の尻尾は大変敏感らしい。神経や筋肉が発達していて、粗雑に扱ってはいけないと言われている。

でも優しく触る分には士郎は嫌がらないし、それは千鶴ならと安心してくれているようでもあるようだ。

「うるさい、お前が悪いんだろう」

顔を半分掌で覆った士郎が言い返すが、濡れ衣《ぎぬ》だと怒る気にはなれない。

士郎の耳が出てくるのは何の心配もなくリラックスしている時か、あるいは千鶴に欲情してきた時だけだ。

——だからつまり、そういうことなんだろう。

濡れ衣は濡れ衣でも、本当に服も濡れてしまっているし。

「と、……とりあえずちょっとこの家に上がらせてもらっちゃいましょう」

気恥ずかしくなってきた千鶴は、肌が透けそうな自分の体を隠すように強引に士郎の肩を押すと人気のない家の戸を恐る恐る開いた。

他の家には突然翳《かげ》ってきた天気のせいで明かりが灯《とも》り始めているが、この家の窓は暗いままだ。縁側に面した雨戸は閉められたままだし、おそらくここも空家なのだろう。それなら、少し雨宿りさせてもらっても構わないかもしれない。

とにかく、耳や尻尾が出たままの士郎を戸外に出しておくわけにはいかない。

幸い今のところは雨がすごくて他の家の人からは見られていないと思う、けど。

「おじゃましまー……す。どなたか、いませんか……？」

案の定家の中は真っ暗で、物音ひとつない。

開いたのは勝手口だったのだろう。扉を開くとまず土間があって、その先に囲炉裏《いろり》のある炉端が見えた。

木の戸が閉められてもう一間寝室があるようだが、それきりだ。しかし、家の中はあまり埃《ほこり》っぽくも感じない。住んではいなくても、持ち主がこまめに空気の入れ替えをしているのだろうか。

「いないみたいだな」

勝手口の扉を閉めると、雨音が少し遠くなった。

「うん、でも……」

誰かがこまめに手入れしているようだし、あまり中までは入れない。千鶴がそう言おうとした時、閉じられたままの木の戸がガタンと鳴った。

「！」

咄嗟《とっさ》に、千鶴は士郎の前に歩み出ていた。

士郎の尻尾はまだ出たままだ。誰に見つかるわけにもいかない。

気を張り詰めて木の戸を見つめていると、やがてゆっくりと――立て付けが悪くなっているようで、ガタゴトと何度も上下に揺れながら――戸が開いた。

「あ～、佐々木《ささき》のおばちゃん……？　ごめん、オレ寝て……」

開いた戸から出てきたのは意外にも、若い男だった。

この村にも若い人がいたのか。

千鶴は一瞬、緊張も忘れて目を瞠《みは》った。

くたびれた長袖Tシャツに細身のスウェット。欠伸交じりに掻き乱した長い髪はまだら色の焦げ茶色で、長い前髪の間から、まだ眠たげな垂れた目が覗いている。その目が、余所者《よそもの》である千鶴たちを確認するとすぐに険しくなった。

「……誰、アンタら」

ハッとして、背筋に痺《しび》れるような緊張が走る。

「す……すみません、勝手に上がってしまって。ちょっと雨宿りをさせていただけないかと、」

すっかり空き家だと思っていたことに対する申し訳なさと緊張、それから背後に回した士郎の耳と尻尾に気取られないように、千鶴は震える声を張り上げた。

これじゃ、ただの不法侵入だ。

「本当に申し訳ありません、てっきり空き家だと思って……ちょっと雨宿りに寄らせて頂いただけなので、すぐに出て行き――あー、でも、あの、雨、あ……だから、軒先だけでもお借りできたら」

千鶴が早口にまくしたてている間も、家主なのだろう若い男は鼻に皺《しわ》を寄せて嫌悪感を剝き出しにして、千鶴とその背後の士郎を睨《にら》み付けていた。

ただでさえ部外者に警戒心の強い村の人と、最悪のトラブルだ。

握った掌がじっとりと汗ばむ。

「アンタら、見たことないんだけど。こんな村に、何の用」

男の息が荒くなっている。

やばい。

千鶴は震える手を何度も握りなおしながら、頭を下げた。

「さっきこちらに着いたばかりで——あの、僕の祖父が、あの、……この村に伝わる民話を、……ええと、だから」

頭が混乱している。それを意識すればするほど、自分でも何を言ってるのかわからなくなってきた。それでなくても緊張して喉《のど》がからからになって、舌がもつれてしまう。

「千鶴」

背後から、士郎がそっと千鶴の手に触れた。

はっとして、士郎を振り返る。既に頭の耳は引っ込んでいた。

「勝手に家に上がりこんで、大変申し訳ありません。俺たちはこの村に伝わる民話について調べに来たのですが、先ほど村に着いたばかりで不案内なもので……どこか他に雨宿りできる場所があれば、教えていただけないでしょうか？　すぐに移動しますので」

「名前は」

士郎の落ち着いた態度に、男はきつく寄せた眉を震わせた。顎先《あごさき》をあげ、くん、と鼻を鳴らすような素振りを見せる。

何か変なにおいでもついているだろうか。千鶴は士郎に握られたままの手のもう一方を自分の鼻先に上げてみたが、特にわからない。

「宮生《みやお》士郎と、三池《みいけ》千鶴と申します」

ふうん、と男が興味なさそうに呟《つぶや》いた。

その視線がようやく千鶴たちから離れて、勝手口の窓に向かう。

窓の外はまだ滝のような雨が降り続いていて、外に出られそうにない。

男は黙って踵を返すと、囲炉裏のそばに丸い座布団を三つ出した。

「オレは、新星野亜《にいぼしのあ》。……この辺の雨は一回降り出すとしつこいから。とりあえず、火にでもあたってけば」

囲炉裏端にしゃがみこんで火をつけながら、男——野亜は、そっけなく言った。

パチパチと、火の爆《は》ぜる音が響く。

外から聞こえるごうごうという雨風の音以外、火の音しか聞こえない。

それほど大都会で育ったわけでなくても普通に車の通る大通りがあって、少し歩けば電車の音にも慣れ親しんだ千鶴にとって、初めて感じるような静けさだった。

士郎はどうなんだろう。

傍らで火に当たっている士郎の涼やかな横顔からは、何を考えているのかよくわからない。

「……そう言えば、帰る時はあのキツい坂道のぼるのかな」

ふとこの村に降りてきた急斜面を思い出して、千鶴は首を竦めた。

ただあれを昇るというだけでも大変そうなのに、この雨が降った後じゃ道もぬかるんで、何度転げ落ちてしまうかわからない。

とにかく雨宿りができたのは助かったけど、どれくらい雨が続くのかも不安だ。あまり暗くなってから山中を移動するのも避けたい。

「はぁ……」

思わず深いため息が漏れる。

千鶴ははじめて、考えなしでここまで来てしまったことを後悔していた。

これまでは多少の準備不足があっても、これはただの気の置けない旅なのだと思ってやり過ごせると思っていた。それこそ最初の旅で何かしらの成果が挙げられるとも思っていなかったし、所詮《しょせん》国内旅行なのだからたいした失敗なんて予想もしてなかった。山といっても少し歩くだけだと思っていたし。

まさか、こんなことになるなんて。

「士郎さん、ごめんなさい。こんなことに巻き込んで……」

濡れたジーンズを抱き込むように膝を抱えると、士郎の手が伸びてきて、頭を撫でられた。

「巻き込んだのはどっちだ」

千鶴の頭を揺らすように撫でながら、士郎が困ったように笑う。

士郎が亜人じゃなければこんな村に来ることもなかったし、そうすればこんな目にも遭わなかったとでも言いたいのだろうか。

「僕は、巻き込まれたなんて思ってませんけど」

「じゃあ俺も思ってない」

千鶴がつんとした様子で言ってやると、それを士郎も真似《まね》した。

その仕草に、思わず笑みがこぼれる。

予約したホテルまでどうやって帰ろうかという不安もあるけど、とりあえず自分も士郎も無事なんだし、何とかなる。そう思えた。

「あー、ごめんごめん。なんか、ちゃんとした湯呑《ゆの》みが見つかんなくって！」

と、ガタガタと床板を踏み鳴らしながら野亜が両手に茶碗《ちゃわん》を持って戻ってきた。

さっきの寝巻き姿から着替えているが、長袖Tシャツは変わらず、スウェットがジーンズになっただけだ。

癖っ毛なのかあちこち跳ねている髪は後ろでひとつにくくられて、さっきまでの険悪な顔つきはない。

「あ、いえお構いなく……！」

あわてて膝を正した千鶴を見て、士郎も膝を折った。

その座布団の前に、大ぶりの茶碗が二つ。中にはあたたかそうに湯気をのぼらせたお茶が注がれていた。

「あとさ、服。乾かさないと風邪ひいちゃうでしょ？　着替え持ってる？」

着替えの入ったトランクは、駅のロッカーに預けてきてしまった。まさかこんなことになるなんて思ってもいなかったから。

千鶴と士郎が顔を見合わせると、野亜は察したように小さく肯《うなず》いた。

「ん、じゃオレの服でイイ？」

「あっ、あの本当に大丈夫ですから……！　火に当たらせていただいてるだけでも、十分」

千鶴が声を上げても、野亜はさっさと自室に引き返してしまった。

なんだかさっきまではひどく警戒されていたようなのに、根が親切なのだろうか。

村まで連れてきてくれた老婆も親切でしてくれたことなのだろうし、千鶴たちを避けていたような村の人たちもみんな、ちょっとシャイなだけなのかもしれない。

「そういえばー、この雨じゃ電車も止まってると思うよ」

「え?!」

浮かんだ笑顔も、隣の部屋から顔を覗かせた野亜の言葉で蒼白《そうはく》する。

隣で士郎が忙しいなとか何とか呟いた気がするけど、それも聞こえなかった。

「この辺じゃよくあることだよ。山の地盤がユルいから、土砂崩れを警戒してあらかじめ電車止めちゃうの。あ、この村は土砂崩れとか絶対ないから安心して平気なんだけど」

野亜は暢気《のんき》な口調だが、千鶴はそれどころじゃない。

村の最寄駅前にはホテルも何もなかったから、今日の宿は電車で三駅ほど戻った場所にとってあるのに。

暗くなれば駅まで戻ることさえ厳しいと思っていたけど、まさか止まった電車の線路を三駅分戻るなんて羽目になるとは思ってなかった。

それこそ、今日は宿に着いたら疲れ果てて眠ってしまって、士郎と初めての旅行の夜、どころじゃなくなりそうだ。

士郎が言うような期待をしていたわけではないけど、期待していなかったわけでもないのに……。

「うち、泊まってく?」

囲炉裏端にようやく腰を落ち着けた野亜が、首を傾ける。

「――……え？」

警戒心を解いた野亜の顔を改めてよく見ると、どこかあどけない表情をしている。

身長も士郎と同じくらい大きいし、士郎より骨太に見えたからすごく男らしいような気がしていたけど、それは最初の険しい表情のせいだったのかもしれない。

こうして頭をござっぱりとまとめてまっすぐ見つめられると、人懐こいような印象を受ける。垂れた目は甘いマスクというのに相応《ふさわ》しいし、口角の上がった唇は常に笑っているように見える。

「あ、いえ、でもそんな……ご迷惑」

「オレは平気だよ。ていうか、雨たぶん今夜いっぱいは止まないし。ふつーに帰れないでしょ」

雨音の響く天井を仰いだ野亜が千鶴を一瞥してから士郎を振り向いて首を竦める。

千鶴は困惑して、傍らの士郎を窺い見た。

士郎は湯気ののぼる茶碗を見下ろしたまま――熱くて飲めないいんだろう――相変わらず何も読み取れない顔をしている。

緊張しているのかもしれない。たぶん今でも人間を信用していない士郎に、野亜は少しなれなれしく感じるのかもしれない。千鶴から見ると人懐こい子だなという印象だけど、野亜は千鶴より士郎に興味があるようだ。

野亜は座布団の上に戻ってくると、士郎に身を乗り出した。

「ねーねー、もしかして二人は恋人同士なの？」

「!!」

座布団から飛び上がらんばかりに驚いた千鶴と士郎を野亜が含み笑いで交互に見比べる。

「そ、あ、えっと、え、あの、」

男同士で旅行に来ているからって、いやそもそもこれは一応この村の古い伝承を調べるための旅行なんだし、決して、士郎がいうような婚前旅行というわけではなく——

「そうだ」

「士郎さん!!」

「まじで？　やっぱりそうなんだー！　そういうのってアリなの？　もしかして都会じゃ普通？」

あっさり肯定した士郎に声をあげた千鶴を無視して、野亜は士郎に身を乗り出す。その目がきらきらと輝いている。単純な好奇心なんだろう。

「普通かどうかは知らない。普通じゃないからといってやめられるものでもない」

「士郎さん……」

恥ずかしいやらいたたまれないやらで、千鶴は頭を抱えるように身を縮めた。

しかしそんな士郎の堂々としたものの言い方に野亜はまたおーっと声を上げた。

「そんなところも都会っぽい！　かっこいい！」

無邪気な野亜の反応に、千鶴は思わず笑いがこみ上げてきた。

なんでも「都会っぽい」で片付けてしまう野亜の前では、千鶴の常識にとらわれる気持ちも羞恥心《しゅうちしん》も馬鹿《ばか》らしく感じる。

千鶴が一人で肩を震わせて笑っていると、いつの間にか士郎と野亜がそろって千鶴を振り返っていた。士郎の目が物語っている。「何がそんなにおかしい」と。

だいたい、ほとんど屋敷に引きこもってる士郎が都会っぽいのかどうかは疑わしい。とはいえ、見た目では千鶴なんかより士郎のほうがスマートでかっこよくて理知的で、洗練されて見えるのは同意だけど。

「……そんなに都会のことを知りたいなら、俺よりも千鶴に聞くといい」

肩を震わせて笑っている千鶴に拗《す》ねたような口ぶりの士郎が言うと、野亜が目を瞬かせた。

「いえ、そんな。僕も」

急に矛先を向けられた千鶴は驚いて首を振った。

士郎よりは世間の荒波に揉《も》まれているつもりではあるけど、人並みに生活してきたというだけだ。

生活のために忙殺されてきたおかげで、年頃の遊びはしてきてないし。それこそ、士郎とこんな関係になるまで恋愛だってしたことがなかったんだから。そういう意味では世間ずれしてるところは士郎も千鶴も大差ないのかもしれない。

「なんで？　シローさんのほうが……」

「俺はただマイペースなだけだ。人間の営みは全部、千鶴に教えてもらったに過ぎない」

澄ました顔で士郎が言う。

士郎がそんな風に思っているなんて意外だった。

夜型の士郎と一緒に朝食を食べようとすることも、こうして旅行に連れ出すことだって、千鶴が勝手に押し付けているのではないかと思っていたのに。

「そうなの？　なんで――……」

「士郎さんは訳あってあまり外出されないんです」

冷め始めたお茶に息を吹きかけている士郎の代わりに千鶴が口を挟むと、怪訝《けげん》な表情で野亜が千鶴を振り向いた。

見るからに都会的で洗練された士郎が「都会の人」の見本でなかったことに残念さを隠しきれないようだ。千鶴のほうが申し訳なくなってきて、首を竦める。

「ふーん……」

野亜は諦めきれないように士郎をちらちらと眺めてから、ひとつ息を吐いて腰を上げた。

「じゃ、千鶴ちゃんでいいや。都会のこと教えて」

「ち、千鶴ちゃん？」

そんな風に呼ばれたのなんて初めてで、千鶴はぎょっとした。しかも、横顔に士郎の刺すような鋭い視線を感じる。

「千鶴ちゃんと呼ぶのはやめろ」

「え？　なんで？　シローさんみたいに呼び捨てのほうがいい？」

あからさまに眉間《みけん》に皺を寄せた士郎とは対照的に、野亜はあっけらかんとしている。

「千鶴を呼ぶな」

「トモダチに対して名前で呼ぶのは普通なんじゃないの？　ねえ、千鶴ちゃん」

野亜の純粋な瞳《ひとみ》を向けられて、千鶴は言葉に詰まった。

確かに学校やバイト先の友達には千鶴と呼ばれることが多かった。さすがにちゃん付けで呼ばれることはなかったが、呼ぶなというのは乱暴だ。

「う、……うん、まぁ……」

士郎の顔を窺い見ると、何が気に障ったのか眦《まなじり》が釣りあがって不機嫌そうにしている。ともすれば今にも目が金色と青色のオッドアイに変色してしまいそうだ。耳まで出されたら隠しようがない。

「じゃあ、いいじゃん。千鶴ちゃん、オレのことは野亜って呼んでー」

気を揉む千鶴のことなどつゆ知らず、野亜は無邪気に言って、笑った。


「ろくなモンなくてごめんねー」

野亜の言葉に甘えて洋服を借り、寝室で着替えさせてもらっている間に土間から良い香りが立ち込めてきていた。

山菜の佃煮《つくだに》と、鯵《あじ》の開き干し。囲炉裏の火にかけられた鉄鍋《てつなべ》には大根の葉と芋が煮付けられている。

野亜は大きな体にエプロンをつけて、腕まくりをした手に不揃《ふぞろ》いなお茶碗を持って土間に立っていた。

「そんな、とんでもない！　突然お邪魔したのに、ご飯まで」

千鶴は寝室の扉を開くと、慌てて土間に下りた。

案の定千鶴には少し大きかった野亜の服の袖をまくる。土間を見渡すと、炊飯ジャーのようなものはなくて、湯気をのぼらせるかまどと羽釜《はがま》がそこにあった。

うわあ、と思わず声が漏れる。

こんな生活、本やテレビの中でなら見たことがあるけど、実際にかまどで羽釜に炊いたご飯なんて食べたことがない。せいぜい林間学校のキャンプで飯ごう炊飯をやったきりだ。

「これ、野亜くんが全部用意したの？　すごい！」

かまどの薪《まき》は消えているように見えて、まだ中の方で種火が燻《くすぶ》っているようだ。

千鶴が駆け寄ってしゃがみこむと、煤《すす》けたような、香ばしいような、どこか懐かしい香りがした。それが釜からしゅんしゅんと漏れ出てくる炊き立てご飯の香りの甘さとあいまって、たまらない。

「こんなの、面倒《めんどう》だし古臭いし……ダッサくない？」

そう言いながらてきぱきと小皿を用意する野亜の様子は、つい最近一人暮らしを始めたようには見えない。

ご飯の甘い香りにうっとりと表情を蕩《とろ》けさせた千鶴をよそに、野亜は恥ずかしそうな表情を苦く歪めた。

よそってみる？　と差し出された大きなしゃもじを手にして、千鶴は大きく首を振りかぶった。

「全然ダサくないよ?!　すごいよ！　僕かまどでご飯上手に炊ける自信ないし……それに、僕たち急にお世話になったのに、こんなに早くご飯を用意できて……」

「でも、山で採れたものとか、非常食ばっかり。都会だったらもっと美味《おい》しいお肉とか、いろいろご馳走《ちそう》できるのにね」

千鶴に炊き込みご飯を任せた野亜はお吸い物を用意しながら、表情を曇らせた。

その横顔を千鶴が心配そうに窺うと、それに気付いたのか、野亜が首を竦めて短く笑う。

「あっ、でも都会から来た千鶴ちゃんたちは美味しいものなんて、食べ飽きてるか。一周回って新しい～みたいな感じ？」

「そんなことないよ」

三人分のご飯を盛り付けると、千鶴は羽釜に木蓋《きぶた》を伏せた。檜《ひのき》のいい香りがする。

「士郎さんはあんなこと言ったけど、僕はあまり裕福な家で育ったわけじゃないから、便利なところに住んでいたって美味しいご飯ばっかり食べられたわけじゃないんだ。野亜くんの作ってくれたご飯の方が、ずっと豪華だよ」

父が亡くなり、病弱な母は働きに出ることができずに父の遺してくれたお金と助成金で何とか暮らしてきた。千鶴もできる限りアルバイトをかけもちしたけど、母の医療費と自分の学費だけで精一杯だった。

でも、それさえ払えればそれでよかった。ご飯なんて、食べられるだけでも有難いんだし。母が元気で笑っていてさえいれば。

「ご飯は、誰と一緒に食べるかが一番大事だよね」

千鶴が野亜を仰いで笑うと、一瞬、野亜が呆《ほう》けたように目を瞬かせた。

その瞳の色が、緑がかって見える。

野亜は外国人の血でも入ってるんだろうか。髪の毛は確かに少し明るいようだし、手足もすらりとして長いし。

「……野亜くん？」

手際よく夕飯の準備を進めていた野亜の手が止まってしまった。自分が変なことを言って邪魔をしてしまったのだろうか。千鶴が首を傾《かし》げると、野亜が身を屈《かが》めて千鶴に顔を寄せた。

くん、とまた鼻を鳴らされる。

この家に上がりこんだ時と同じように。

「千鶴ちゃんって……」

やっぱり変なにおいがするんだろうか。

千鶴が少し身を引こうとした時。

「近い」

囲炉裏端に正座をしたままの士郎の声がしてきて、野亜が身を起こした。

士郎はやっぱりなんだか不機嫌そうだ。お腹が空《す》いたんだろうか。

「士郎さん、そういえば僕のリュックに軽食なら」

「ねえ千鶴ちゃん、都会ってさ、芸能人に会えたりする？」

士郎にリュックの中の非常食を薦めようとする千鶴を制して、野亜が興味津々というように肩を寄せてくる。

「え？　芸能人？　会ったことない……と思うけど」

正直あまり興味を持ったことがないからわからない。

その辺の芸能人より士郎のほうが美しい顔をしていると思うし。

「あ、でも一回イベントスタッフをやった時に――」

「イベントスタッフって何？　面白《おもしろ》そう！」

野亜は目をきらきらと煌《きらめ》かせて千鶴の話を聞き出しながら、再びテキパキと食事の支度を始めた。

せっかくお夕飯を作ってもらってるのにその前に士郎に何か食べさせるなんて、失礼かもしれない。

それより少しでも野亜の手伝いをして早く食卓を整えるほうが良いだろう。

少し待っててくださいねというように千鶴が囲炉裏端の士郎を振り返ると、士郎はひどい仏頂面でこちらを睨んでいた。

＊　＊　＊

「寝室は二人で使って良いよ」

夕食どころかお風呂《ふろ》までいただいた千鶴が浴衣姿で出てくると、既に野亜は居間に自分の布団を敷き始めていた。

「え……っ？　でも、そんな、急にお世話になったのはこっちなのに」

正直、布団なんてないといわれても当然の立場だ。一晩雨風が凌《しの》げればいいと思ってたのに、今じゃ体がぽかぽかになっている。

士郎の姿を探すと、既に寝室で寛《くつろ》いでいるという。

「あの本当、僕たちは居間の隅っこでいいから……！」

「お客さんにそんなことできないでしょー」

野亜は朗らかに笑う。

確かに、千鶴が家の主人だったら客人にそんな失礼なことはできないと言い張るかもしれない。

それがたとえ招かれていない客だったとしても。

千鶴が言葉に詰まって立ち尽くしていると、布団を敷く手を止めた野亜が顔を上げて、ふと笑った。

もともと口角が上がっている野亜がそうすると、まるで悪戯を思いついた子供みたいに愛嬌《あいきょう》のある顔になる。

「じゃ、三人で寝る？」

寝室で、雑魚寝。

士郎が寛いでいる足先の見える寝室を指して野亜が言うと、千鶴は目を瞬かせた。

「なーんて、冗……」

「うん、そうしよう！」

名案だ。

千鶴が大きく肯くと、野亜どころか寝室から士郎も顔を覗かせた。こっちの話を聞いているとは思わなかった。

「あ、もちろん野亜くんさえ良ければだけど――」

こんな広い家に一人で住んでいる野亜も寂しいのかもしれない。

どうせ男三人なんだし、野亜が一人でのびのび寝たいというならもちろん優先させるべきだけど、千鶴は雑魚寝でも一向に構わない。

士郎が言うような婚前旅行……というわけでもないんだし、そもそも戸一枚隔てて野亜が眠っていては士郎と甘い言葉一つ交わせるものでもない。

それなら、士郎が今までにしたことがないという修学旅行のノリで一晩過ごしてみるのも楽しいかもしれない。

「オレはいいけど――……シローさん、こっちめっちゃ睨んでるよ？」

肩を落として脱力したような野亜に促されて背後を振り返ると、士郎が苦い顔をしていた。

電気を消して野亜が熟睡してしまえば、猫耳も尻尾も気付かれないようにするから。――とジェスチャーで伝えるのは難しいので、千鶴はこっそりと片目を瞑って首を竦めて見せた。いまいち士郎には伝わらなかったかもしれない。

「じゃ、ま、そうと決まれば寝室にも布団敷かないとだね」

そう言った野亜の声は弾んでいた。

野亜の楽しそうな素振りを隠しもしない様子を見ると、ほっとする。

突然乱入してきてしまった余所者だし、野亜の望むような「都会」の面白い話もしてあげられないけど、多少なりとも楽しんでもらえればいい。

「じゃ、僕も手伝うよ！　はい、士郎さんどいてどいてー！」

千鶴は浴衣の袖を振り回しながら野亜の敷いた布団を摑み上げると、寝室に運んだ。

士郎が露骨に迷惑そうな顔で部屋の隅に避けていく。猫耳が出ていたら今頃、黒髪の中に隠れてしまいかねないほどペタリと伏せられていたことだろう。今となっては士郎の耳が出ていなくてもその様子が目に見えるようだ。

最初は取り澄ました士郎の表情を猫耳で見ていたのに、今じゃ反対になっている。不思議なものだ。

「何をニヤニヤしてるんだ、お前は端だからな」

二枚の敷布団を敷いただけでいっぱいになってしまった寝室を呆れたように眺めた士郎が、千鶴の腕を引いた。

「え？　千鶴ちゃん真ん中じゃないの？」

「何を言ってる、千鶴は俺の――……」

千鶴を壁際に寄せようとして士郎が腕を引くと、反対側の腕を野亜が摑んだ。

目を瞬かせて、左右を交互に見る。士郎は眦を鋭くして野亜を覗き込んでいた。その目が今にも変色を始めそうに淡くなりかけている。

「し、士郎さん！　僕、真ん中でいいですから！」

こんな調子じゃいつ猫耳が発現してもおかしくない。千鶴が真ん中に寝て士郎を壁際にしておけば、千鶴が障害物になって野亜から隠せるだろう。

ね、と同意を求めるように左右の腕を摑んだ二人をまた交互に見ると、野亜は満足そうに笑って、肯いた。

「じゃあ、電気消すよー」

真ん中に陣取った千鶴が延長コードを引っ張って言うと、野亜がまるで子供のように弾んだ声で返事をした。

士郎はまだ不服そうだ。

電気を消せばこの辺は本当に真っ暗になるから、と野亜の言っていたことが本当なら、電気を消したあとでちょっとだけ士郎の方に体を寄せるくらいならいいだろうか。

いや、それで士郎に強く抱き寄せられてしまったら千鶴だって我慢できなくなるかもしれない。

今朝屋敷を出て以来、人の目を気にせずに士郎に触れることができたのなんて山の中が最後だ。

別に丸一日くらいキスのひとつもしない日があったって普通なのに、普段が屋敷の中でべったり――主に士郎の方からだけど――しているだけに、物足りない気分になってしまう。

円になった蛍光灯から繋《つな》がった電気のコードを引くと、カチカチと懐かしい音がした。

思えば屋敷の照明はすべてリモコンで消すことができるし、こうして延長コードを引いて消灯するのなんて久しぶりだ。

千鶴が母と長年暮らした家はどの部屋もスイッチすらなくて、こうして消していたっけ。

「……士郎さんは昔、お祖父ちゃんやお祖母ちゃんと川の字で寝たりしましたか？」

暗くなった寝室に、外の雨の音がひときわ強く聞こえた。まだ止《や》む気配はない。それどころか、夕方よりずっと雨足が強くなっているようだ。

雨の音を掻き消すように千鶴が口を開くと、士郎が隣で身じろいだのがわかった。布団の中で、その手の指先にちょっと触れてみる。

すぐに士郎が握り返してくれた。自分から手を伸ばしたくせに急にどきどきとして、千鶴は顔が熱くなるのを感じた。電気を消した後でよかった。

「どうだったかな、……博士は研究で忙しかったから」

「千鶴ちゃんとシローさんは従兄弟《いとこ》かなんか？」

隣で寝返りを打った野亜が横向きになって、顔をこちらに向けた。

その大きな眼が暗がりの中で光ったように見えて、千鶴はぎょっとした。千鶴はまだこの暗闇《くらやみ》に目が慣れないのに、まるで野亜には千鶴が見えているみたいだ。

「あ、そういうわけじゃなくて……ええと」

「俺は早くに両親を亡くしたからな。千鶴の祖父母に育てられたんだ」

布団の中で繋いだ手に、千鶴は無意識に力をこめていた。

それを安心させるように、士郎が親指で千鶴の指先を撫でる。ただ手を繋いでいるだけでも気持ちが通じ合えてるようで、千鶴ははにかむ口元を掛け布団の中に沈めた。

「あぁ、……なるほどね」

てっきり悪いことでも聞いてしまったというような反応をするかと思っていた野亜が、何事か察したように肯いた。

それまで無邪気な子供のように思っていた野亜が急に大人びて感じて、千鶴は野亜を振り向いた。

両親が亡くなることなんてさして珍しくもないというようだ。もっとも大袈裟《おおげさ》に反応されても困るけど、ちょっと意外だった。

「野亜くんは、この家で……一人で暮らしてるの？」

もしかして、野亜も両親を亡くしているのかもしれない。だとしたら、そういうこともよくあることだとあっさり受け入れる気持ちもわかる。しかし立ち入って聞いていいものかどうか、千鶴がおそるおそる尋ねてみると、野亜がきょとんと目を瞬かせたのが暗闇の中でもわかった。

やっぱり野亜の目が光って見える気がする。

「うん、オヤジは単身赴任で街のほうに行ってるんだ。村じゃ、ろくな働き口もないし。母ちゃんの病院代稼がなきゃなんないから……」

「野亜くんのお母さん、入院してるの？」

ご両親は健在なのか。

ひとまず胸を撫で下ろした千鶴は、汗ばんだ掌を一度士郎の手から解いた。

「ん、生まれつき体が弱くてね」

千鶴たちの夕飯を用意してくれた野亜の手際は慣れたものだった。きっと小さい頃から家事をすることを余儀なくされてきたんだろう。千鶴と同じように。

母に少しでも楽をさせてあげたくて、母と少しでも一緒にいたくて、台所に立った。千鶴はいつも、そうだったから。

「オレだけ、村に取り残されちゃって。あーもーホント、嫌んなる。早くオレも都会に出て、シローさんみたいに恋人見つけたいよ！　親さえ帰ってくりゃ、こんな村とっとと出て行ってるのに」

大きくため息を吐いた野亜が、ごろんと寝返りを打って天井を仰いだ。

「お母さんの入院は長いの？」

「んー……、年に二回くらいは仮退院できるんだけど」

野亜の声が沈む。

寂しさが滲《にじ》んでくるようだった。

「そっか。……村に、野亜くんみたいな若い人は？」

「他にも何人かいたんだけど、みんな都会に出てっちゃった」

他の同世代が都会に行き、両親も山を下りたとあっては、野亜も都会に行きたいと思うのも無理はない。

野亜の都会に対する興味はただの好奇心だけでもないのかもしれない。村を出れば、母親の見舞いにも行きやすいだろう。

「野亜くんは、この村に残らないといけなかったの？　お父《とう》さんと一緒に暮らすとか……」

知らず野亜との会話に夢中になった千鶴は枕《まくら》に腹這《はらば》いに乗り上げた。隣ではいつの間にか士郎の規則正しい寝息が聞こえはじめている。慣れない外出や山歩きで、士郎も疲れていたんだろう。

「ん、まあ一応家を守んなきゃいけないし……。あと、村がじいちゃんばあちゃんだけになると力仕事とかできなくなるでしょ？　だから……」

野亜が徐々に口ごもっていく。暗がりに目を凝らしてみると、野亜は照れくさそうに唇を尖らせていた。

その仕草の可愛らしさに、千鶴の顔は思わず緩んでしまう。自分が都会に憧《あこが》れる気持ちより、村のおじいちゃんおばあちゃんを大切にしたいだなんて。笑ったりしたら野亜はますます恥ずかしがってしまうかもしれないけど。

「そうだね、お母さんが退院してきた時に家がいたんでいたら困るもんね」

千鶴も母親が退院してくる時なんかは必死になって家の中を磨いたりしたっけ。

バイトで疲れていても、母親のための家掃除は少しも苦にならなかった。

その時のうきうきした気持ちを思い出すと、やっぱり千鶴の唇から少し笑いがこぼれてしまった。

「えらいね、野亜くんは」

布団から腕を出して隣の野亜に伸ばすと、千鶴は自分の弟でも褒めるような気持ちでその焦げ茶色の髪をぽんぽんと撫でた。

ぎょっとしたように野亜が千鶴を振り向く。その表情は暗がりでよく見えなかったけど、やっぱり少し緑っぽく見える目だけはよく見えた。

「っと、……都会の人ってみんな千鶴ちゃんみたいなの？」

掛け布団で顔を半分隠した野亜が、もごもごと不明瞭《ふめいりょう》な声で言う。

「え？　僕みたいって？」

士郎の髪質にも似た柔らかい髪から千鶴が手を引くと、野亜が慌てたように寝返りを打って、千鶴に背を向けてしまった。

「っ、なんでもない！　お、おやすみ！」

「？　うん、……おやすみなさい」

いくら子供っぽいからって成人男性の頭を撫でるなんて、気を悪くしただろうか。明日になったら謝ったほうがいいかもしれない。

でももし野亜が千鶴と同じだったら、自分がしっかりしなきゃと張り詰めていた時にこうして誰かに認めてもらいたかっただろう。当時はそんなこと考える余裕もなかったけど。

背を向けて丸くなってしまった野亜の姿をしばらく眺めてから、千鶴は仰向《あおむ》けに寝転んで瞼《まぶた》を落とした。

断続的に屋根を打つ雨の音が、心地よい眠りを誘っていく。

士郎と一緒に眠る屋敷のふかふかしたベッドも大好きだけど、久しぶりに実家の布団に入ったような気持ちになって、千鶴は気付くと深い眠りに落ちていた。


朝が来ても、雨は止まなかった。

千鶴が目を覚ました時は木でできた雨戸の隙間《すきま》から太陽の光が差していたからじきに止むのかと思っていたけど、降ったり止んだりを繰り返すだけだ。

目が覚めると、隣の士郎は染み付いた習慣で千鶴の肩に腕を回して抱き枕のようにして眠っていた。あるいは、千鶴も無意識のうちに士郎を抱き返していたりしたかもしれない。

でも、幸いなことに士郎の頭に猫耳はなかった。

もしかしたら、熟睡できていないのかもしれない。

布団から上体を起こした千鶴は、枕から頭を落として中央へ身を寄せている士郎の柔らかい髪をそっと撫でた。擽ったそうに、士郎が少し顔をむずつかせる。それを見つめていると、千鶴の顔は自然と綻《ほころ》んだ。

「……士郎さん、」

もう一度、しとしとと雨音のする窓を仰ぐ。今日は山を下りられるだろうか。

「ん、……ん――……ばあちゃ……も、いらねぇ……って……」

窓際に寄せた布団に寝た野亜は、上掛け布団を蹴《け》り退《の》けて斜めになって寝ている。

だいぶ肌寒いのに、寝間着から腹ものぞいていた。

「……ふふ」

千鶴は口元を押さえながら笑いを嚙《か》み殺して、士郎の腕をすり抜けると野亜の布団を直してから、寝室をそっと出た。

音を立てないように苦労しながら寝室の木の戸を開け閉めする。

昨晩火の気を完全に消した居間はちょっと冷え込む。

千鶴は野亜の見よう見まねで土間のかまどに火を入れると、その横の水道で顔を洗った。

この水も井戸水を引いているらしい。まるで本当にタイムスリップしたみたいだ。

祖父が文献を調べた時点で既に限界集落とされていたけど、今でも限界ながら細々と続いている、まるで現代のものとは思えない村。

閉鎖的なのかと思えば、野亜みたいな人懐こい子もいる。

せっかく一泊させてもらったんだし、今日はもう少しこの村について知ればいいんだけど、この雨では外を歩いても誰にも会えないだろう。

千鶴は昨晩の残りの炊き込みご飯と囲炉裏の鍋を暖め直すと、簡単な汁物だけでも用意しようと袖をまくった。

「あれー……千鶴ちゃん、早いね。おはよ」

適当な鍋を探し出して火にかけたところで、背後の戸が開いて野亜が姿を見せた。

「あ、ごめん。……起こしちゃったかな」

「んーん」

まだ寝ぼけているのだろうか、掌でごしごしと顔を擦《こす》りながら、どこかボーっとした様子で野亜が土間に下りてくる。

「勝手に台所使ってごめんね。昨日作ってもらったのを温めなおすくらいだけど……あと何かお吸い物の具になるものがあったらもらってもいいかな」

野亜は寝間着のまま土間で大欠伸を漏らして、うーん、と辺りを見回した。

小さな冷蔵庫はあるが、その他に保存食のようなビンも並んでいる。中には蛇の入ったものもあった。千鶴はちょっとぎょっとしながら、それを見ないようにそっと目を伏せた。

「あ、干しぜんまいあるけど……」

「でも、戻すのに時間かかっちゃうよね」

「うん、……千鶴ちゃんよく知ってるね」

目が覚めたような顔をして野亜が瞬いた。

学生時代は男のくせに昭和のオカンだなどと嘲笑《ちょうしょう》されたこともあった。バイト先では年配の主婦と盛り上がったものだ。千鶴は複雑な表情で笑った。

「ごめんね、あんまり都会っぽくなくて。こういう保存食は小さいころから重宝してたんだ」

でも、野亜なら一緒かもしれないと思えば少し気も楽だ。千鶴が歯を見せて笑うと、野亜が口を半開きにしてぼーっとその顔を見下ろした。

やっぱりその目が少し緑がかって見える。昨晩もそう見えたのは、間違いじゃなかった。

「野亜くんって、その目――」

「冷凍ぜんまいもあるよ」

千鶴が言いかけたその時、唐突に思い出したように言って野亜が冷蔵庫に向かってしまった。

お父さんかお母さんが外国の方なのか、――そう尋ねようとして聞きそびれてしまった。

「じゃあそれをちょっと頂いてもいい？　ぜんまいなら、お味噌《みそ》汁がいいかな。白だしある？」

千鶴はかまどの火加減を覗き込んでから、冷凍庫からぜんまいを取り出した野亜の背中を窺った。

冷凍ぜんまいは均一な長さで平らに熨《の》されている。野亜が自分でやったのか、それとも近所のおばあちゃんがしてくれたものかはわからない。でも丁寧な家事の仕方を見ていると、千鶴は条件反射で嬉しくなってしまう。そういうところが昭和のオカンだと言われてしまうのかもしれないけど。

「……千鶴ちゃんて、母ちゃんみたい」

閉めた冷凍庫の扉に手をかけたまま、ぽつりと野亜が呟いた。

「え？」

冷凍ぜんまいを覗き込んだ千鶴が野亜の俯《うつむ》いた顔に視線を上げると、視線があった。

縋《すが》るような目。

千鶴は胸を摑まれたような気持ちになって、息を呑んだ。

でもすぐにそれを払拭《ふっしょく》して、ぎこちなく笑い飛ばす。

「それって所帯じみてるってこと？　よく言われるんだよね」

「っ、そういう意味じゃなくて。オレの母ちゃんが帰ってきたみたいっつか、安心するってゆーか…」

野亜の言いたいことはわかる。

だから千鶴は野亜の正面に回りこむと、腕を伸ばしてその髪をぽんぽんと撫でた。昨晩と同じように。

「ありがと。僕なんかでごめんね」

男だし、と苦笑しながら冷凍ぜんまいを受け取る。

整然と並べられたラップの中のぜんまいは、流水で戻したら瑞々《みずみず》しいものになるだろう。見るからに美味しそうだ。

「野亜くん、ぜんまいを解凍するのにボウルとざるを借り――」

野亜の頭から手を離した千鶴がその体の脇を通り抜けて流しに向かおうとすると、その手を摑まれた。

「……野亜くん？」

振り返るや否や、力強く引き戻されて、足をもつれさせた千鶴は冷蔵庫の扉に背中をしたたかぶつけてしまった。

さっきまで寝ぼけていた野亜の顔が思い詰めたように引き締まって、千鶴を見下ろしている。その掌が、千鶴の肩を掴む。意外と大きな掌だった。あどけない子供のように見えても、千鶴より体が大きいんだから当たり前か。

「——……そんなことないよ」

しばらく押し黙っていた野亜が、ぽつりと呟く。

「え？」

冷凍ぜんまいを持った指先が冷えて、痺れるようだ。

早く水につけて、戻さなければいけないのに。野亜の様子が切迫していて、とても言い出せない。

「オレ、正直都会に憧れてたし……都会から来た人間と話せるなんてラッキー、って思ってたけど」

果たして千鶴が野亜の求めるような都会人なのかどうかは、疑問だ。

おそらく野亜もそう思ってるのだろう。千鶴と視線が合うと、迷うような野亜の表情が、苦笑に変わった。千鶴もおどけたような苦笑で返した。

「でもオレが行けもしない都会の話してくれる人なんかより、千鶴ちゃんのほうがよっぽど——」

千鶴の肩を掴む野亜の手が、ぎゅっと強くなった。

野亜が何を言いたいのかわからない。感謝の気持ちなら、千鶴のほうが言うべきなのに。

肩を押さえた野亜の手を一度見下ろしてから、千鶴はもう一度野亜の顔を仰いだ。緑がかった目のふちが、赤く染まっている。

「ううん、もしかしたらオレはここで千鶴ちゃんを待ってたのかもしれない。オレ、こんなダッサイ村カッコ悪いってずっと思ってた。でも、千鶴ちゃんがそんなことないって言ってくれるなら……だから、オレ」

「野亜くん」

また天気が悪くなってきたのだろうか。室内が暗くなってきた。

でもどうやら、そうじゃない。

野亜の顔が心なしか近付いて、千鶴の目の前に影を落としているだけだ。

ちょっと近いよ、そう言おうとして腕を擡《もた》げようとした時——突然、野亜の頭の上にしゃもじが振り下ろされた。

「何してる」

「痛えッ!?」

野亜が飛び上がらんばかりの勢いでびくっと体を震わせながら、頭を押さえて振り返る。

そこには、今まで見たこともないような苦い顔を浮かべた士郎が、しゃもじを持って立っていた。

「あ、士郎さん。おはようございま……」

言い終えないうちに冷蔵庫の前から引き寄せられて、小脇に抱えられるように野亜から引き剝がされる。千鶴が目を白黒させている、あっという間の出来事だった。

「……今日は珍しく早起きですね」

旅行先だからだろうか。それとも、士郎なりにこの家にイレギュラーに泊めてもらっているという遠慮があるのかもしれない。

抱えられた腕の中から上目に士郎の顔を窺い見ると、士郎は不機嫌そうに鼻に皺を寄せている。

「何を悠長なことを言ってるんだ。お前は俺のツガイだってことを忘れたのか」

「ツ……っ、!?　あの、士郎さん！」

いや恋人同士だということはばれているから問題ないのかもしれないけど、ツガイだなんてなかなか人間同士じゃ使うものじゃない。

変に思われたらどうしようと千鶴が背後を振り返ると、野亜はまだ冷蔵庫を向いたまま、項垂《うなだ》れていた。

「っ……士郎さん、離してください」

反射的に、士郎の腕を抜け出る。それを取り押さえようとする腕も、すり抜けた。

「千鶴！　お前……！」

珍しく牙《きば》を剝きかねない勢いで士郎が声を荒げると、千鶴はそれを真正面から見据えた。

一瞬、ぐっと言葉を飲み込んだ士郎が顎を引く。その頭上で垂れた白い猫耳が見えるようだ。それを感じてしまうと、強く叱《しか》る気にはなれない。千鶴は表情を崩して笑うと、冷えきった手に持ったままの冷凍ぜんまいを顔の前に掲げて見せた。

「ほら、早く朝食にしちゃいましょう。……ね？　野亜くんも」

努めて明るい声を出して背後を振り返ると、野亜もはっとしたように顔を上げて千鶴を振り返った。ばつの悪いような、照れくさそうな笑顔を浮かべていた。


「雨、……止みませんね」

朝食の片付けも終わってしまうと、することもなくなって千鶴は縁側のついた大きな窓から空を窺った。

士郎は屋敷にいる時のように昼寝をするかと思ったけど、どうやらその様子もない。

この家にはテレビもないし、新聞は通常なら昼過ぎに配達されて来るそうだ。それもこの天気じゃ望めないという。登山中は繋がっていたはずの携帯電話も、圏外になっている。

つまり、天気予報さえ見れない。

千鶴は密《ひそ》かにため息を吐いた。

ここが退屈な村だなどと言うつもりは毛頭ない。それどころか、晴れていたら回りたいところも行きたいところも、聞きたい話もたくさんある。ただ、雨だけが厄介だ。

野亜の家にそう何泊もするわけにいかないし。

昨日の雨で濡れてしまった洋服は乾いたけど、これ一着しかなければ明日以降に着る服もない。

野亜が貸してくれたラフな服を着る士郎もなかなか見れないものではあったから、新鮮だったけど。

「しばらく止みそうにないな」

「そうだね」

天気予報も見れないというのに、お互いそっぽを向いたままの士郎と野亜が口々に言う。

士郎はこの雨が降り出す前にも微《かす》かな湿度を感じ取ったかのように何かを察知していたようだから信憑性《しんぴょうせい》があるし、野亜も村のことを知り尽くしているから、どっちにしろ止まなさそうなんだろう。

「いちいち口を挟むなよ」

士郎に同意したはずの野亜に、士郎が露骨に眉を顰める。

厚意で泊めてくれている野亜に対して、どうやら士郎は気に食わないところがあるらしい。さっきからずっとこの調子なのも、千鶴のため息の原因のひとつだった。

「士郎さん、そんな言い方……」

「いいよ、千鶴ちゃん。別に気にしてないし」

野亜は千鶴の心労を察したかのように苦笑して、ひらりと手を振る。

いくら見ていても仕方のない空模様に背を向けて、千鶴は二人の間の座布団に戻った。

士郎は士郎で、こんな長時間耳と尻尾を出せないという緊張状態に置かれて疲労が溜《た》まってるんだろう。眠っている間も気を抜くなと言われたら千鶴だって嫌になる。どんなに眠くても昼寝をする気もなくなるかもしれない。

「ところで千鶴ちゃんはこんな、なーんもない村に何しに来たの？」

「千鶴ちゃんと呼ぶのをやめろ」

千鶴は背後から噛み付きそうな勢いの士郎をやんわりと抑えると、苦笑を浮かべたまま野亜に向き直った。

「僕たちは、この村に古くから伝わる民話を知りたくて……」

「ミンワ？」

座布団の上に胡坐《あぐら》をかいた野亜が、猫背にしていた体を少し伸ばした。

「うん、この村の歴史……っていうのかな、何の証拠もない伝説みたいのでもいいんだけど。どうして猫目村っていう名前になったのか、とか……」

今は野亜にしか聞けない。若いとはいえ、毎日お爺ちゃんやお婆ちゃんの話相手をしてるのだろう野亜なら、何か知っているかもしれない。

背を起こした野亜の反応に手応《てごた》えを感じて、千鶴は身を乗り出した。

「千鶴ちゃんて、そういう昔話を集めるお仕事してんの？」

「え、いやそういうわけじゃ……」

どちらかといえば無職に近い、研究者の真似事しかしてない。

千鶴が言い淀《よど》むと、野亜の眠たげな目つきが細くなった。まるで探られるような気持ちがして、思わず目を逸《そ》らす。

野亜のガラス玉のような瞳がまっすぐ、千鶴の胸を射抜くように感じた。

そんな狼狽《ろうばい》を掻き消すかのように、野亜が千鶴の手を掴んだ。

「！」

「ね、じゃあさー、千鶴ちゃんはいつも何してるの？　オレはね、毎日じーちゃんばーちゃんの手伝いで畑仕事ばっかりなんだけど」

その顔には、人懐こい笑みが浮かんでいる。

目の前にいる人間の心まで柔らかく解きほぐすような、愛嬌のある表情だ。

「僕も同じようなものかな。日中は士郎さんも寝てるし、庭の手入れとか、家の掃除とか……」

とはいえ、まさか千鶴の自宅があんなお屋敷だなんて野亜には想像もつかないだろう。千鶴自身、ほんの一年前までは想像もつかないようなことだった。何しろ自分の祖父の存在すら知らなかったんだから。

でも別に嘘《うそ》をついてるわけじゃない。

「マジで?!　千鶴ちゃんとお揃いとか嬉しーんだけど！」

ぱあっと表情を明るくさせた野亜が握り締めた千鶴の手にぎゅっと力をこめようとした時、その手がむしりとられた。

目を瞠ると、背後から士郎が腕を伸ばしてきていた。

「気安く触るな」

「士郎さん！」

ごめんね、と野亜に目配《めくば》せを送ると、野亜も微かに首を振って応える。当の士郎はツンとして知らん振りだ。

「じゃあさ、千鶴ちゃんならこの村でも暮らしていけそう？」

士郎に振り払われた手を床にぺたんと伏せて、野亜が身を乗り出してくる。

その目がきらきらと輝いている。

「あ、――でも僕は……」

屋敷を離れるわけにはいかない。

屋敷が欲しいわけでも、遺産を手放したくないわけでもない。でも、士郎と離れるつもりはない。

なんだか野亜に少しでも期待をさせてしまったのかもしれない。千鶴は居住まいを正すと、多少の罪悪感を押し殺して咳払《せきばら》いをした。

「でも、野亜くん僕はね」

「千鶴は俺のものだ」

しっかりと自分の口から説明をしようとした矢先に士郎の声に遮られて、千鶴は背後を振り返った。

「士郎さん……！」

注意しようとする千鶴の腰に士郎の腕が回ってきて、強引に抱き寄せられる。正座の膝が崩れてひっくり返りそうになった千鶴の背中を士郎がやすやすと受け止めた。

野亜はあっけに取られたような顔でそれを見ているだけだ。

野亜だって別に、本気で期待したわけじゃないだろう。ただ、そうなったら楽しいだろうなって夢を見ただけだ。

千鶴だって子供の時にそんな風に思ったことがあった。

もしお母さんの具合が毎日良かったら、もし大好きな友達と毎日晩まで遊べたら、そんな他愛のない夢を見て、それがうっかり口に出てしまっただけだ。

それが現実に続かないことなどよく考えれば当然で、だけど子供だからひょっとしたら……と思ってしまう。

野亜は無邪気だけど大人なんだから、そんなことずっとよくわかってるはずだ。

でも寂しい気持ちが募れば募るほど、期待してしまう気持ちだって強くなる。

士郎だってそんなこと、わかるはずなのに。

「千鶴をお前にはやらない。……千鶴、もう村を出よう。足元が不安なら俺が背負っていってやる」

千鶴の腰を抱いたまま士郎が腰を上げる。

思わずそのまま引き起こされそうになって、千鶴は身を捩《よじ》った。こんな、まるで荷物みたいに扱われるなんてみっともない。

士郎の腕を無理やり引き剝がして逃れると、士郎が険しい顔で千鶴を見下ろした。

「僕は士郎さんのモノではありません！」

「は？　何を言ってるんだ、お前――」

士郎が苛立《いらだ》っているのは嫌というほどわかる。

自分のことを本当はモノのように思ってないことだって。

だけど、見ず知らずの人間を厚意だけで泊めてくれて、食事も、服まで用意してくれた野亜に対して心遣いのひとつもない士郎に、千鶴も苛立っていた。

「野亜くんに謝ってください！」

「何を謝ることがある。お前が俺のツガイであることは本当だろう」

ピリピリとした士郎の不機嫌な顔を見るのは、祖父の書斎に初めて入った時以来だ。

もしかしたら士郎は、野亜が千鶴に懐いているのが気に食わないのかもしれない。

士郎の一番大好きだった祖父の書斎を千鶴に荒らされたくないと思ったように、千鶴のことを好きだと思ってくれているからこそ野亜が気に食わないということも有り得る。

だからといって、ただのヤキモチだと笑い飛ばしてあげる気にはなれない。

「野亜くんごめんね、士郎さんが失礼な口を――」

「千鶴」

野亜を振り向いただけでも気に食わないというかのように、士郎が千鶴の腕を引く。

「山を降りるぞ」

「まだ電車動いてないって」

野亜が言うと、千鶴の腕を摑んだ士郎の手の力が強くなった。

ハッとしてその顔を仰ぐと、目が淡く変色しかけてきている。

「ッ、士郎さん！」

慌ててその肩に手を添えようとすると、腰を抱かれて体ごと引き上げられた。

「！」

それを引き止めるように、背後から野亜が千鶴の足を摑んだ。さすがに野亜もむっとしたように笑みをなくして、――緑色の瞳が光って見える。

気付くと窓の外は暗くなってきている。雲が厚くなって、雨足がまた強くなってきたようだ。

抱き上げた千鶴ではなく、その向こうの野亜を士郎が冷たい視線で見下ろす。

「電車なんか動いていなくても、こんなところにいるよりマシだ」

「！　こんなところって……！」

そう言われた野亜の表情は、知らない。

でも千鶴は頭をがんと打たれたようにショックだった。

怒りで一瞬頭が真っ白になる。力任せに肩を突き離して体を離すと、千鶴は士郎を思い切り睨み付けた。

「千鶴」

「そんなに山を下りたければ一人で下りたらいいじゃないですか！」

千鶴が怒鳴った瞬間、窓の外に閃光《せんこう》が走った。間を置かず、割れるような雷鳴が空に轟《とどろ》く。

言葉を失ったような士郎の表情をなくした顔がその雷に照らされて、それからまた、暗くなった。

叩《たた》きつけるような雨音だけが静まり返った家に響く。

「……そうか」

ゆっくりと視線を伏せて、士郎が呟いた。

うるさいくらいに響く雨音の中でも、妙に鮮明に聞こえた。

「わかった」

士郎は暗くなった瞳を閉ざして低く言うと、静かに踵を返して寝室に向かった。かと思うと、自分の荷物だけを持ってすぐに部屋を出てきた。

「士郎さん、子供みたいな駄々を捏《こ》ねるのは止めてください！」

千鶴があきれたように言いながら士郎を引き止めようとすると、——士郎は顔を背けた。千鶴が今まで見たこともないくらい冷たい仕草だった。

「駄々じゃない。お前がここに残りたいんだろ。じゃあ、そうしろよ」

千鶴を突き放すような声で言って、士郎は土間に下りる。

本当にこの雨の中を出て行くつもりなのか。

せっかく野亜が厚意で泊めてくれたのに、こんな取るに足らない喧嘩《けんか》なんかで意地を張って。

いや、意地じゃないのかもしれない。もしかしたら士郎は本当に言葉の通り、千鶴の意思を尊重して——だとしたら、別に千鶴だって士郎と一緒に屋敷に帰るつもりだ。

あの屋敷で士郎と暮らすと決めた気持ちに変わりはない。

ただ、野亜の家をこんな形で出て行きたいと思ってるわけじゃないだけで。

「士郎さ、——」

降りはじめた時と同じような激しい雨の降る屋外へ続く扉を開けた士郎の背中を引き止めようとすると、その手を後ろから摑まれた。

振り返ると、野亜が縋るような目で千鶴を仰いでいる。

まるで、千鶴も自分を置いていってしまうのか、と訴えかけてくるかのような目だった。

「——……っ」

そうじゃない。

千鶴は確かにここにずっといることはできないけど、野亜の心細い気持ちもわかる。

だから、もし今が寂しくてもいつか出会う日が来るって――千鶴が士郎に出会ったように、いつか自分の家族に出会えるんだって、千鶴だから話してあげられるから。その時間が欲しいだけなのに。

心配そうに眉根を寄せる野亜の顔を振り返っている間に、扉の閉まる音が聞こえた。

雨の中を、士郎の走る足音が遠ざかっていく。

「士郎さん！」

声を上げても、士郎が引き返してくる気配はない。声も届いていないのかもしれない。

やっぱり、いくら士郎でもこの足元が悪い中あんな急な斜面を上るなんて危ないに決まってる。

ちゃんと説明して、連れ戻そう。

縋るように千鶴の手を摑んだ野亜に士郎を連れ戻してくると伝えようと、もう一度振り返る。

振り返った野亜の頭上には、――猫耳が生えていた。

「え……？　の、あ、くん……、それ……」

まだらになった焦げ茶の髪の間から、同じ色合いの大きな猫耳。

少し左耳の端が欠けて、内側は綺麗《きれい》なピンク色をしている。

目は緑がかった黄色に輝いていて、瞳孔《どうこう》も見慣れた細さだ。

ジーンズの腰からは途中で折れ曲がった長い尻尾が伸びて――……。

「野亜、……くんも、あ、……亜人、だった、の……？」

唖然《あぜん》としながら千鶴が呆けた声で指差すと、野亜は垂れた目を細めながら耳の付け根を掻いた。

「うん、まぁね。……あれ、とっくに気付いてるかと思った」

「え、……全然」

だとしたら緑色に光って見えていた目は見間違いでもなんでもなくて、士郎のオッドアイと同じだったのか。

士郎は気付いていたんだろうか。野亜が自分と同じ亜人だったということに。

もし気付いていないなら、知らせたい。今すぐに。

士郎は他の亜人に会いたいなんて思ったことはないと言っていたけど、千鶴の祖父があんなに捜し求めていた、士郎以外の亜人。祖父の夢を叶えたと思えば、士郎だって冷静ではいられないはずだ。

「待っ……今、士郎さんを」

呼び戻さなきゃ。

千鶴ははやる胸を押さえて、もう一度踵を返した。

——返そうとした。

しかしその手を、野亜の手が摑んでいる。それどころか食い込むほどに力をこめて、ぐいと引き寄せられる。

「っ、！」

板張りの囲炉裏端で足を滑らせた千鶴があっけなくバランスを崩して手をつくと、野亜がそれを這い上がるようにのしかかってきた。

「野亜、く……?!」

「千鶴ちゃんはホントに優しいね」

屋外で地響きのような雷鳴が轟いている。

すっかり薄暗くなった室内で、野亜の光る目が千鶴を覗き込む。至近距離で。眠たげに半分閉じていた眼差《まなざ》しがらんらんと輝いて、口元には牙も覗いていた。

「オレに同情してくれたんでしょ。オレがこの村で、寂しくしてるのをわかってくれたから」

呼吸も忘れて見上げた野亜の顔が、少し翳ったようだった。

野亜が亜人だったなんて少しも気付かなかったけど、それならなおさら、寂しい思いをしていたかもしれない。

野亜が村を出られないのは亜人だからなのだろうか。士郎にとっての屋敷が、野亜のこの村なのか。

「アイツには千鶴ちゃんがいるけど、オレにはいない。ツガイを探そうにも周りはじーちゃんばーちゃんばっかで、オレのツガイになれるようなヤツなんかいない。オレは一生ここで死ぬまで一人で暮らすしかないのかと思ってた。――千鶴ちゃんが来るまでは」

ようやく千鶴の足首を離した野亜の手が、ゆっくりと体を這い上がってくる。

野亜にそのつもりはないのかもしれないけど、それが妙に体をまさぐられているように感じて千鶴は床の上で体を引いた。その肩に、野亜が手をかける。

「何言っ……野亜くん、」

「あんな温室育ちのイエネコなんか放《ほう》っておきなよ。オレのほうが千鶴ちゃんを幸せにできるよ」

摑まれた肩を床に押さえつけられて、千鶴は反射的に身を捩った。

怖い。

相手は野亜なのに、野亜が悪いことなんてするはずないと思うのに、体中が総毛立って震え出しそうだ。

野亜の手には鋭利な爪《つめ》が伸びていて、乱暴に振り解《ほど》こうとしたら肌を裂かれそうな恐ろしさもある。

その昔、山に出る猫又は旅人を襲って食い殺したって——祖父の書斎で見た恐ろしい挿画が脳裏を過《よ》ぎる。

少しでも口を開けば食いしばった歯がガタガタと鳴り出しそうで、千鶴は硬く口を噤《つぐ》んだまま微かに顎を引いた。

その様子を、ふっと野亜が笑う。

笑うと少し、あどけない表情が戻ってくるようだった。でもその唇から覗く牙の鋭さも、ざらついた舌も、士郎にはない野性味を感じた。

呼吸が浅くなって血の気が引いてきた千鶴が視線を伏せると、不意に顎を摑まれた。

「っ！」

「千鶴ちゃん、怖い？　大丈夫だよ、シローさんより気持ち良くしてあげるから」

双眸《そうぼう》を細めた野亜が小さく囁くと、牙の覗く唇を寄せてきた。千鶴の、無防備な唇に。

「——っ、やめ……っ！」

野亜の胸に手をついて、押し返そうとする。でも千鶴が掌を押し当てた野亜の体は驚くほど筋肉質で、くたびれたＴシャツの上からでもそれがよくわかった。畑仕事を手伝っているというだけのことはある。士郎のしなやかな筋肉とは違う。

抵抗など存在しないかのように野亜は身を屈めると、深く顎を引いて顔を伏せた千鶴の唇を掬《すく》い上げるように塞ごうとした。

「放して……ってば……！　野亜くんっ！」

足をばたつかせ、いやいやと首を振ってキスを逃れる。

野亜が千鶴の顎を摑む手に力をこめると、鋭利な爪が千鶴の頬をぐいと押した。背中に冷たいものが走る。

硬直して千鶴が野亜を仰ぐと、凶器にもなり得る爪を押し付けながらも野亜は無邪気な笑みを浮かべていた。

——だからこそ余計に、千鶴は震え上がった。

「千鶴ちゃん、かーわい」

にこやかに笑った野亜が、舌を伸ばして千鶴の強張《こわば》った唇をざらりと舐《な》めた。

千鶴が短くしゃくりあげると、唾液《だえき》で濡らした口先を、ちゅっと啄ばまれる。

「ぼ、……僕は男だよ」

「シローさんだって、オスでしょ？」

床の上に仰向けに縫い付けられた千鶴の視界いっぱいに、野亜の顔が迫っている。覆いかぶさるように重ねられた体は服を着ていても熱くなっているのがわかる。

亜人が猫耳と尻尾を出すのは、リラックスしている時か、感情が大きく揺さぶられた時だ。特に欲情した時に顕著なのは、士郎でよくわかっている。

だから、つまり。

「——……っ、野亜く、……っ嫌、だ」

ゾッとした。

野亜のことが嫌いなわけじゃない。でも、士郎とするようなことを野亜とするなんて、考えられない。

しかし野亜は鋼のように強い腕で千鶴を押さえ込んだまま、暴れる足の間に膝をすり寄せてきた。

耳元に野亜の荒い息がかかる。

「ねえ千鶴ちゃん、ずっとこの家にいなよ。オレのお嫁さんになってよ。……ねえ、オレができることなら何でもしてあげるから」

囁き声を吐きかける野亜の唇が、千鶴の耳朶《じだ》に押し付けられる。ざらついた舌が伸びて、もぐりこんできた。

野亜と仲良くなりたかったし、寂しさを理解してあげたかった。

こんなことがしたかったわけじゃない。

「——……ッやだ、……っ、士郎さん——……っ！」

外でごうっと風が吹くと、天井に吊《つ》るされた蛍光灯が短く点滅した。

こんな天気じゃ、千鶴がどんなに大きな声で助けを呼んでも家の外には聞こえないかもしれない。

まして、士郎には。

あんなこと言わなきゃよかった。

山を降りたければ一人で行けなんて。

士郎と離れたいなんて、思ってなかったのに。

野亜の肩に拳《こぶし》を振り上げて、力任せに殴りつける。

人を殴ることなんて初めてだし、それも、野亜に手を上げたいなんて思ってるわけじゃない。だけど手加減もできなかった。

「アイツは千鶴ちゃんを置いてっちゃったじゃん？　もう、忘れなって」

膝で割り開いた千鶴の腰に自身をすり寄せながら、野亜は千鶴の不安を見透かしたように笑った。

必死で首を振る千鶴の首筋へ唇を吸い付かせながら、掌を下降させる。

「オレが千鶴ちゃんの家族《ツガイ》になってあげるから――」

千鶴のシャツをたくし上げて手を滑り込ませた野亜が、甘く囁く。

違う。

千鶴の家族は、士郎だけだ。

野亜のようにあれこれと世話を焼いて優しくしてくれなくても、旅行中にぐったりと眠ってしまうようでも、士郎じゃなきゃ嫌だ。

最初は祖父の遺した得体の知れない同居人であったけど、今となっては士郎の不器用な優しさが愛《いと》しくてたまらない。

これからずっと先、士郎と一緒に生きていくんだから――……。

「野亜くん、ごめんなさいっ！」

千鶴は大きく息を吸うと、思い切り目を瞑って野亜の腰に腕を伸ばした。

手探りで、野亜の尻尾をぎゅうっと鷲掴《わしづか》みにする。

「ッ、⁉」

一瞬野亜が怯《ひる》んだ。

その隙に体を思い切り突き飛ばすと、千鶴は転げるようにして野亜の下から逃げ出した。逃すまいとして野亜が腕を伸ばしてくる。

摑んだままの尻尾をぐいと引っ張ると、野亜が短く声を上げた。

猫の尻尾は敏感なんだから、大事な尻尾にこんなことしちゃいけないんだって、わかってるけど。

「……ッざけんな、この……っ！」

相当痛むんだろう、野亜が血走った目で千鶴を睨みつけ、爪をあらわにする。

その爪に捕らわれることを恐れず、千鶴はしっかりと野亜を見据えて息を詰めた。足を振り上げる。

「本当に……ごめんねっ！」

祈るような声で言って、千鶴は野亜の尻尾を思いきり踏みつけた。

――豪雨に揺れる屋敷の外に、野亜の割れるような悲鳴が、響いた。

山がうなり声を上げている。

雨雲で覆われていて暗いばかりだと思っていたけど外は既に日が暮れ始めていた。電気は通っているといっても狭い村の中に街灯の類《たぐい》は一切なくて、点々と建ち並んだ家から仄《ほの》かな明かりが漏れているだけだ。それも、この雨で霞《かす》んで見える。

「士郎さん、……士郎さん！」

風雨の音に負けないように声を張り上げながら、千鶴は慌てて羽織ってきた上着の前を掻き合わせた。

士郎だって傘もささずに飛び出してきたはずだ。こんな雨に濡れたら風邪をひいてしまう。

「士郎さん！」

村の道は舗装されていないから、出て行けば足跡を辿《たど》れるかもしれないなんて思っていた。だけどほとんど水溜りになってしまった足元には、士郎の痕跡《こんせき》も何も残っていない。

村は狭い。あっという間に一周りしてしまえるし、見逃してしまうような場所も、隠れる場所もない。

――本当に千鶴を置いて村を出てしまったのか。

初めて二人で来た旅行だったのに。

千鶴があの時、野亜の家で雨宿りをさせてもらおうなんて言い出さなければ。士郎のやきもちをもっと真剣に捉《とら》えていれば。

野亜じゃなくて、士郎を信じていればよかったのに。

「――……士郎さん」

士郎を探して雨の中を走る千鶴の足が泥を含んで、重くなってくる。

村に降りてくる途中で坂道を転げ落ちた傷も、士郎と一緒ならなんともなかったのに、急にじくじくと熱を持ったように痛む。

亜人を探しに行きたいなんて、士郎はひとことも言わなかった。千鶴が半ば無理やり連れてきたようなものだ。

それなのに山もろくに登れないし、士郎を困らせてばっかりだった。それなのに、勝手に一人で帰れだなんて――……。

千鶴は重い足を引きずるようにして、周囲の山に囲まれた窪地《くぼち》のようになっているこの村の唯一の出入り口である急斜面へ、つま先を向けた。

士郎が本当に山を降りたなら、追いかけなくちゃ。

追いかけて、謝って、千鶴の家族は士郎だけだということを伝えなくちゃ。

「――……っ！」

軟弱な足に気合を入れるように、両手で腿《もも》を打つ。

たっぷりと雨を吸ったジーンズから、飛沫《しぶき》が飛んだ。

「おやおや、そんなところで立っていたら風邪をひくじゃろ」

「！」

突然しゃがれた声がして、千鶴がビクッと肩を震わせると暗がりに金色の目が浮かび上がった。

「っ！」

野亜が追いかけてきたのかと思って、反射的に踵を返す。

「お客さん、そう怖がりなさんな」

叩きつける雨の音の中を、千鶴のものとは別の、水溜りを蹴る音が追ってきた。

「亜人は慣れていても、この格好じゃ恐ろしいかね？」

その声に目を瞠って、千鶴は聞き覚えのある枯れた声をおそるおそる振り返った。

確かに、この声は聞いたことがある――この村に、来る時に。

振り返った先には、濡れそぼった三毛猫が駆けてきていた。ご高齢のせいか、少し足元が覚束《おぼつか》ないようだ。

「婆を無茶《むちゃ》させないでおくれ」

しかし息せき切った様子もなく、三毛猫は涼しい顔で隣までやってきて、千鶴を見上げる。

その声は、千鶴たちをこの村まで導いてくれた老婆のものだった。

「お、……おばあさん!?」

亜人じゃなくて、その見た目は完全にただの猫だ。でも、人間の言葉を話している。

千鶴は驚きで一瞬雨のことも忘れたものの、すぐに慌てて猫を抱きかかえた。

どこか、雨宿りできる場所を。自分は濡れてもいいけど、猫を濡らしちゃだめだ。猫は年をとるほど体温調節がしにくくなるんだって、昔猫を飼っている同級生が言っていた。

「ああ、あっちじゃあっち」

千鶴の腕の中の三毛猫が前足をひょいと擡げて、村の奥の茅葺《かやぶき》屋根の家を指す。

その家は他の家より一回り大きくて、雨戸も閉めず、中からは暖かな光が漏れていた。

「あの家に、お前さんの探してる白猫もいるから」

髪の先から雨滴をぽたぽたと垂らした千鶴を腕の中から見上げて、三毛猫のお婆さんはニヤリと笑った、ような気がした。

＊　　＊　　＊

「佐々木のばあさん、遅いじゃないか！」

「もうこっちはできあがっちまってんぞ～！」

外の雨の音なんて比べ物にならないほど、家の中は賑《にぎ》やかだった。

「おぅい、酒、空だ～」

「自分で持ってこいよ」

昼間、暗い顔でそそくさと千鶴たちから顔を背けたお爺さんの頭に丸耳が付いている。座布団に胡座をかいたその腰には、短い尻尾も。

その手には徳利《とっくり》が掲げられていて、昼間の様子は何だったのかというくらい大きな口を開けて笑っていた。

「めざし焼けたよー！」

「おう、こっちだこっちだ」

「こっちにもくれ！」

酒のつまみを運ぶふくよかなおばさんの頭にも長毛種の猫耳が、そして立派な尻尾も揺れている。めざしの乗った皿を受け取った、見知らぬお爺さんも。

おそらく、村の全住民が一堂に会しているのだろう。ところ狭しと並べられた座布団は入り乱れて、酒を酌み交わす亜人たちはみんな赤い顔をして笑い転げていた。

中には、千鶴の腕の中にいる老婆同様、亜人ではなく完全に猫化してしまっている人（？）もいるようだ。

「あっ」

たたきに呆然《ぼうぜん》と立ち尽くした千鶴の腕をぴょんと飛び降りた三毛猫――佐々木のお婆さんが、酔いつぶれた黒猫やトラ猫のお爺さんたちを踏みつけながら部屋の奥へ進んでいく。

「あ、あの、……っお邪魔、します」

誰の家なのかわからない。

千鶴は誰も聞いてないだろう小さな声で言って頭を下げると、三毛猫を追って家に上がった。

彼女は何も言わず、するすると部屋を進んで、四枚の襖《ふすま》で仕切られた隣の部屋まで向かっていってしまった。

「あの、ここは一体……」

聞きたいことは山ほどある。

ここは誰の家で、これは何の宴《うたげ》なのかとか、それからこの村は亜人の村なのか、とか。

亜人と、完全に猫化してしまう者の違いについても。

　しかし老婆は千鶴たちをこの村につれてきた時と同じように余計なことは一切喋《しゃべ》らず、部屋の奥まで来るとその前足で器用に襖を開いた。

　その奥には、士郎が眠っていた。

「士郎さん……！」

　思わず部屋に飛び込んで、青白くなった顔に掌をあてがう。

　胸。唇。呼吸しているかどうか確かめようとして耳を寄せると、士郎の息は弾んでいた。

　それどころか、酒臭い。

「――……酔ってる？」

　一瞬頭が真っ白になった千鶴の耳に、隣の部屋の乱痴気騒ぎが聞こえてきた。

「雨の中をふらふら歩いとったから、誘ったんじゃ。その綺麗な白い尻尾が汚れちまうから言うてな」

　振り返ると三毛猫の姿ではなく、人間の姿に戻った老婆が千鶴にタオルを差し出してくれた。

「なんぞ腹の立つことでもあったんだろう、うなされたみたいに千鶴が千鶴が言うて、飲めもしないまたたび酒飲んで、このザマじゃ」

　はっはっ、と老婆は乾いた声で笑った。

　思わず気が抜けて、千鶴はその場にぐったりと座り込んだ。

「す、すみません……ちょっとあの、――喧嘩、してしまって……ご迷惑おかけしました」

　老婆に深く頭を下げると今度は人間の手で襖を閉められて、隣の部屋の喧騒が遠くなる。

　茅葺屋根が雨の音を吸収してくれているのか、部屋の中は驚くほど静かだ。

酒のせいで荒くなった士郎の呼吸まで聞こえる。

「士郎さん……、ごめんなさい」

息苦しそうな士郎の肩に触れて、小さく呟く。

この屋敷で用意してもらったのか、士郎は浴衣に着替えて、髪もほとんど乾いている。風邪をひく心配はなさそうだ。

もっとも、どれくらい酒を飲んだのかわからないから二日酔いの心配はあるけど。

「……ふふ、士郎さんお酒に弱いんですね」

これも、新しい一面だ。

祖父は士郎と晩酌をすることはなかったんだろうか。だとしたら、酔った士郎を千鶴だけが見れたのはちょっと嬉しい。

「ん……、千鶴」

はぁっと熱い息を吐き出しながら、顔を顰めた士郎が薄く目を開く。

「士郎さん、気が付きました？　お水でも持ってきましょうか」

その顔を覗きこんで、髪を撫でる。その手を士郎に掴まれた。

士郎の手が熱い。ずいぶん苦しそうだ。病気ではないとはいっても、少し可哀想《かわいそう》になるほど息が荒い。

千鶴は酒を飲んだのなんて、二十歳になったお祝いにとバイト先の人に飲まされたことがあるきりで、こんなに酩酊《めいてい》するくらい飲んだことはない。

「千鶴……？」

「はい」

士郎は熱っぽくなった目を開くと、額の上で握った千鶴の手に指を絡めながら、ずるり、と畳の上で重そうに上体を起こした。

「士郎さん、起きて大丈夫なんですか」

慌ててその背中に手を貸すと、士郎はおとなしく凭《もた》れかかってきた。体も熱くなっている。

これで熱があると言われたら信じてしまいそうだ。だけどどうしようもなくお酒のにおいもする。

「あぁ、……酔っているだけだ」

「そうみたいですね」

ふふ、と思わず笑みが溢れる。

老婆の言っていたことが本当なら、士郎は千鶴のことを――文句を言いながら、やけ酒を飲んでいたというところなんだろうか。

謝らなければいけないけど、何だか可笑しくなってくる。

そんな千鶴を不審に思ったのか、眉を顰めた士郎が間近の千鶴を覗き込んできた。

「怒っていないのか？」

訝しむような士郎の表情は、しかし酒のせいでどこかとろんとしていて、甘ったれたようにも見える。

そうだ、士郎が千鶴を置いて行くなんてことはきっとない。

士郎だって、千鶴と同じくらい寂しがりなんだから。

「士郎さんこそ、僕のこともう怒ってませんか？」

握られた手に千鶴からも指を絡めると、士郎の手がきゅっと強くなった。

士郎の掌は汗ばんでいて、しっとりと濡れている。いつも士郎の手は冷たいくらいなのに、なんだか不思議な気分だ。

「怒ってる」

目の前が士郎の影で塞がれるほど顔を寄せられると、千鶴は首を竦めて俯《うつむ》いた。

「……ごめんなさい」

「あいつに、何もされなかったか」

そばで囁かれる小さな声に、千鶴は背筋を震わせた。

体をピタリと寄せている士郎にはバレてしまっただろう。

「……尻尾を思い切り踏んづけて、逃げてきました」

返事は、大きなため息だった。

あきれているんだろう。

でも、絡めた手は解かれない。千鶴はそれをぎゅっと握り返して、士郎の肩に自分からも体重を寄せた。

「一人で帰ればいいなんて言って、ごめんなさい。——本当はそんなこと少しも思ってなかったのに」

言葉にすると、なんだか泣きたくなってきて千鶴は自然と声を震わせた。

知らない村で一人になることが、今更ながら不安に思えてくる。しかも、野亜があんなふうに豹変《ひょうへん》するなんて思ってもみなかった。

悪気はなかったのかもしれないけど、あれはまるで野生の猫だ。

「俺も少し、頭に血が上りすぎた」

自分の下唇を噛んで口を噤んだ千鶴を安心させるように、士郎が頭をすり寄せてきた。肩口に伏せられた士郎の頭から、白い猫耳が伸びて千鶴の頬を擽る。

「お前が他の男を構ってばかりいるから、気が気じゃなかった。少し頭を冷やしたらまた戻るつもりだったんだ」

濡れたような声で言った士郎の腕が千鶴の腰に回る。

千鶴も士郎の背中に腕を回そうとして、躊躇《ちゅうちょ》した。千鶴の体はまだ、濡れている。

「士郎さん、僕――」

「お前と離れなければ良かった」

低く囁いた士郎の体重が移ってきて、千鶴は慌てて畳に手をついた。

「士郎さん、僕雨に濡れてしまったので、着替えを――」

「千鶴」

士郎の熱い掌に肩を抑えこまれて、気がつくと千鶴は畳の上に押し倒されていた。

「っ、士郎さん……！　だめです、こんなところで」

襖一枚隔てた向こうでは、村の人たちが宴会をしているっていうのに。

しかし畳の上の千鶴を見下ろした士郎の眼差しはすっかり熱くなっていて、息も艶《なま》めかしく弾んでいる。

「ちょ……っ、あの、士郎、さん――……？」

なんだかいつもと、様子が違う。

屋敷の寝室で千鶴を押し倒す時はいつもどこか余裕がある気がするし、最初は千鶴の反応をからかうようにキスをしてきたりすることが多い。

そりゃあひとたび繋がってしまって腰を擦り合わせている最中は、猫耳もぴんと立てて尻尾も緊張させて、士郎も夢中になっている、と思うこともある。けど、その時は千鶴も失神しそうになっているから、あんまりよくわからない。

というか、こんなにトロンとした表情の士郎を見たことがない。

「士郎さん、あの……ここは僕たち二人きりじゃない、ですし……それに、」

「千鶴」

この場を取り繕おうとする千鶴の耳元に唇を寄せた士郎の声が聞いたこともないくらい甘くて、千鶴は目を瞠った。

掠《かす》れた息の合間に、まるで縋り付くような士郎の切ない声。

「……今すぐ欲しい。あんな男に触られた体をめちゃくちゃに抱いて、俺だけのものにしたい」

いつも涼やかな切れ長の目はその縁を赤くさせて、濡れたまつ毛が伏せられている。

余裕をなくしたような唇はまるで許しを請うようにそっと千鶴に触れて、短く啄ばんだきりすぐに離れてしまった。

「あ、……」

思わず、その唇を追ってしまいそうになる。

千鶴だって、心細かったし怖かった。野亜にはそんなに体を触られたわけではないけど、ざわつい
た気持ちを士郎に掻き消してもらいたい。

「千鶴」

まるで千鶴に触れていないと壊れてしまうとでも訴えるかのような声で、士郎が囁く。

その背中に、腕を回さずにはいられない。

雨に濡れて冷えきった千鶴を士郎の腕が抱きしめると、体の芯《しん》まで体温が流れ込んでくるようだっ
た。

「……っ士郎さん……」

きつく抱きしめられた後で顔を上げ、ゆっくりと唇を重ねる。

自然と舌を伸ばした千鶴の口内に、いつもより熱っぽい士郎が滑りこんできた。それを夢中で吸い
上げると、千鶴まで頭がぼうっとしてくるようだ。

士郎の手が濡れた千鶴の服をたくし上げ、手を忍ばせてくる。

野亜のものとは違う、爪も切り揃えられた、優しい手。千鶴が何度となく握りしめて、甘えたこと
のある手だ。

「ぁ、……っでも」

襖がいつ開けられるかもわからないのに。

欲しがってしまいたくなる気持ちを抑えて千鶴がゆるゆると首を振ると、それを拒むように士郎が乱暴に唇を貪《むさぼ》った。

「ぁ、っん――……んふ、ぅ……っ、!」

舌の付け根から吸い上げられ、歯列をぐるりと舐《ねぶ》られる。

千鶴の胸を撫でながら体をすり寄せてきた士郎の下肢は、――既に力強く息衝《いきづ》いていた。

「っ、士郎さん……?!」

その熱に驚いて、思わず心臓が跳ね上がる。

酒のせいでそういう気分になっているのかもしれないと思っていた。だけど一般的には酩酊するほど酒を飲んだらこういうのは機能しにくくなるものだ、と千鶴は諸先輩方から聞いていた。

士郎は逆のようだ。

千鶴の唾液の糸を引かせた唇から荒い息を弾ませながら、腰をすり寄せてくる。尻尾をぴんと立てて、喉も低く鳴らしているようだ。

「千鶴。――……好きだ。もう丸一日、お前に触れていない。頭がどうかなりそうだ」

熱っぽい、甘えたような士郎の声。

キスをしただけで士郎の酒が千鶴にも移ったんじゃないかというくらい顔が熱くなって、心臓がドキドキと強く打ちつける。

胸の上に這わせた手で千鶴の乳首を探し当てると、士郎はすぐに顔を下げて唇を押し付けた。

「ぁ……っ！　待っ、士郎……っさん、！」

突然ちゅうっと強く吸い上げられると、千鶴はビクビクっと過敏に背を仰《の》け反《ぞ》らせて、士郎の頭を抱いた。

士郎は強く吸い上げた乳首の先端にぬるぬると舌の先をまとわりつかせながら、もう一方の胸を指先で捏ね始める。

「ぁ、や……っだめ、です……っそんな、したら、っ」

下肢からは士郎の熱が誘惑するように突き上げられて、千鶴も知らず、腰を揺らめかせてしまう。

荒々しく千鶴の乳首を吸い上げては熱っぽい息を吐く士郎の吐息が、千鶴の冷たい肌を熱くさせていく。士郎はもう一方の手を下降させて、千鶴の下肢を撫でた。

「ぁ、あ……っあ、士郎さん、待って」

「待てない」

きゅうっと乳首を強く摘《つま》み上げられて、千鶴は甲高い声を上げそうになった。慌てて、口を両手で塞ぐ。

「もう、我慢できない。嫌だなんて言うな」

嫌だとは言わない。

でも、こんなところで――。

士郎は自身の口を塞いだ千鶴を満足そうに見下ろすと、上体を起こして自分の浴衣を解いた。

唾液が滴る唇をペロリと舐める舌先が、暗い部屋で妙に赤く見えた。

ぞくり、と千鶴の背筋がわななく。

「千鶴、そうやって口を塞いでいろよ。……他の奴《やつ》にお前の可愛い声を聞かせてやる必要はない」

下着を押し下げた士郎の下肢は反り返っていて、既に濡れているようでもある。

千鶴はそれに貫かれる愛しさを既に知った体が震えてしまいそうになるのを抑えながら、短く肯いた。

これは士郎の言っていた、婚前旅行の夜というものだろうか。たぶんちょっと、違う気がするけど。

千鶴の下着も丁寧に剝ぎ取った士郎が、再び千鶴に覆いかぶさってくる。

「千鶴は俺の嫁だ。誰にもやらない」

口を塞いだ千鶴の手の上から何度もキスを降らせて、士郎が囁く。

その表情はどこか拗ねたようでもある。

「……そんなの、当たり前じゃないですか。僕には、士郎さんだけです」

士郎のキスで蕩《と》けそうになった手を退けて内緒話でもするように声を潜めると、士郎がようやく双眸を細めて笑ってくれた。

その首に両腕を回して、抱きしめる。

他の亜人が何人見つかっても、士郎はただ一人しかいない。千鶴の愛する人は士郎だけだ。士郎にとっても、そうであって欲しい。

これから先、士郎にはたくさんの人間と接してもらいたいと思うけど、その中でも千鶴だけを選んで欲しい。

他の誰でもない、お互いだけを。

「――ぁ、士郎、さ……っ」

士郎の熱い掌で腿の裏を撫で上げられると、千鶴は身を捩りながら片足を擡げた。

あらわになった双丘に、士郎のものが擦り寄ってくる。

黙ってろと言われたって、どうしても声が漏れてしまう。

「千鶴」

妖《あや》しくオッドアイを光らせた士郎が、しぃっと唇を鳴らして千鶴の唇に人差し指を押し当てた。

千鶴が恨みがましい目で士郎を見返すと、口先をちゅっと短く吸い上げられた。

「お前の視線も、笑った顔も、怒った顔も、声も、吐息も、体も、心も、すべて俺だけのものだ。独占させろ」

こんなふうに肌を重ねていてさえどこか焦《じ》れたような士郎の囁きが、千鶴の耳にはどうしようもなく甘く聞こえて、指先まで痺れるようだ。

「独占、してください」

全部。

全部士郎のものだし、士郎の全ても千鶴のものにしたい。やきもちなんて焼く必要もないくらい。

千鶴は腕を回した士郎の首を引き寄せて、噛み付くようなキスをした。

一瞬怯んだように背中を緊張させた士郎は、すぐに舌を伸ばしてきて千鶴のそれと執拗《しつよう》に絡ませた。

「ん……っぅ、――……はァっ、ん、ぅ」

唾液を嚥下《えんげ》する暇もないほど何度も唇を重ね直しながら、片足を抱え上げられた千鶴の背後に濡れた先端を何度も押し当てられる。それだけで千鶴はひとりでに収縮した。しゃくりあげると喉が鳴って、声が漏れる。すると士郎がそれを塞ぐようにして唇を強く吸い上げる。

遠く、襖の向こうではまだ宴会が続いているようだ。

本当はこんなことをしていてはいけないのに、他のことが何も考えられない。

体が熱い。士郎の吐息を吸って、唾液を飲み下す。指先がなぞった先から千鶴の体も熱くなって、でもゾクゾクと震えて粟立《あわだ》ってしまう。

執拗に先端を擦りつけた千鶴の中に耐え切れなくなったように熱が入ってくると、合わせた唇の間で士郎が小さく呻《うめ》いた。

その声さえ、丁寧に飲み込む。

体も、頭の中も、士郎で満たされていくようだ。

士郎も同じ気分を味わってるんだろうか。

「ん――……っう、ぁっ」

鼻孔から荒い息を吐き出す士郎の唇が唾液で滑って口吻《こうふん》をわずかに離すと、千鶴は自分でも驚くほど上ずった声を漏らした。

挿入された士郎のものが、いつもよりも更に熱く感じる。

「ぁ、しろ、さ……っ士郎、さん、ン……っ」

舌を伸ばして、士郎の唇を欲しがる。

掻き抱いた浴衣の背に縋りつきながら、千鶴は士郎の腰に足を絡めた。

「ん、――っふ、……ぅ、ん……ぁ、っん、ぅ」

士郎のものはまるで千鶴を焦らすようにゆっくりと進みながら、ビクビクと過敏に跳ねているようだ。

過敏になっているのは士郎だけじゃなく千鶴も相当で、士郎が今どんなふうに自分の中に身を沈めていて、どんなふうに脈打って、媚肉《びにく》をどれだけ濡らしているのかさえわかるような気がする。

それを意識するほどに千鶴の体は粟立って、ますます感度が上がっていく。

いつもと違う場所――してはいけない場所で行為に及んでいるせいか、それとも士郎の囁きが甘すぎるせいなのか。

「ちづ、」

士郎が舌先を震わせながら、小さく呟いた。

かと思うと次の瞬間、それまで千鶴の体を慣らすようにゆっくりだった腰を強く突き上げてきた。

「んァ、……っ、！　あ、ぁっ……しろ、さ、だめ……っ」

急に柔肉を抉《えぐ》られるような尖りに思わず身を仰け反らせた千鶴の唇から銀糸が引いて、嬌声があがる。

士郎の背中に回していた腕も離れて畳を弱々しく掻きながら、脳天まで駆け上がった電流のような快楽に痙攣《けいれん》が止まらない。

「千鶴、……駄目だ、我慢できない」

背中を丸めて苦しげな息を吐いた士郎が、千鶴のガクガクと震える腰を両手で掴んだ。

「士郎さん……っ待って、待っ……！」

弱々しい制止の声も聞かず、士郎が腰を大きく引く。千鶴は唾液まみれの唇を両手で塞ぐと、声をしゃくりあげて目を瞑った。

間を置かず、士郎が再び腰を打ち付けてくる。

「ひぁ、……っ！　ァ、あ……っあ、だめ、ぇ……だめ、士郎さ、っ……士郎、さん、んっ……！」

深々と埋めた腰を、士郎はそのまま千鶴の腰に擦りつけるようにしてグラインドさせ始めた。

はっはっと浅く呼吸を弾ませながら千鶴の蕩けた顔を見下ろす士郎の唇から、唾液が滴る。それがまるで下肢から漏れる蜜《みつ》のように思えて、千鶴は口を塞いだ手を退かして、舌を伸ばした。

「駄目、……じゃない、だろう」

濡れた手を伸ばすと、士郎がその手に頬ずりをするようにして唾液を舐め取る。表面が少しザラリとして、千鶴は指先を舐られただけで熱を咥《くわ》え込んだ下肢をヒクつかせてしまった。

「だ、だって……っ、深、っ……深、くに……っ」

声を潜めようと意識するまでもなく、震えた声はか細く、甘えたものになってしまう。

士郎が腰を動かすたびに響く粘ついた水音が、室内に大きく響いているような気がするけど、実はそれほどでもないのかもしれない。千鶴の途切れ途切れの声のほうがはっきりと聞こえる。

千鶴は士郎に舐められた指をもう一度自分の口に咥えて、鼻にかかった嬌声を堪《こら》えた。

「あぁ、……深いところに、射精してやる」

首を下げて千鶴の耳元に唇を寄せた士郎が、掠れた声で囁いた。

ぞくり、と甘美な痺れが千鶴の背を走る。それは紛れもなく、期待だ。無意識に士郎のものをきゅうと締め付けて、千鶴は小さく肯いた。

「千鶴」

士郎が腰を引くと、結合した下肢は見えないのに、どうしてかそこが糸を引いているような気がした。それくらい、濡れていると感じる。

ぬるぬると滑って、しかし士郎の傘が千鶴の体内をヒリつくほどに刺激している。

「士郎、……さ、ぁっ」

ずるりと怒張の抜けた下腹部の空虚さに切ない声を上げて千鶴がねだるような声をあげると、すぐに士郎が突き上げてきた。畳の上を、腰が跳ねる。

「んァ、っ……あ、あっ」

顎を反らして、背筋をわななかせる。

「千鶴、……好きだ。愛してる。……お前だけだ」

絞り出すような士郎の声が、耳元で雨のように降り注ぐ。惜しみなく、溺《おぼ》れるくらいに。

何度も最奥《さいおう》を小刻みに突き上げられると、千鶴の前からはもはや先走りともつかないほどの体液がびゅくびゅくっと溢れ出てきて、もうイッているのかどうか、自分でもよくわからない。

「士郎、さんっ、ぼくも……僕も、っ士郎さん、だけ――……っ！　ぁ、あっ……もうイっちゃ、イっちゃ、あ……っ！」

体中を満たしていくむず痒いような切ないような幸福と快楽に身悶《みもだ》えて、千鶴は畳の上をのたうちながら士郎の胸に縋りついた。

「お前が人間でも、もしそうじゃなかったとしても——……俺はお前のことしか」

士郎が泣いているのかと思った。

震える声で告白する士郎の言葉に千鶴は何度も短く肯いて、士郎の牙を覗かせた唇に自分のそれを寄せた。

千鶴だって同じだ。

士郎が亜人じゃなかったとしても、いつか千鶴と出会ってこうなっていただろうという気さえする。

「はっ、……ぁ、士郎、さ——……っ」

うわ言のように名前を呼ぶ声をキスで塞がれて、肩を強く抱きしめられた。

拘束されているのは体なのに、心までできつく抱かれていると感じる。千鶴も、士郎を抱き返した。

「んぁ、っ——は……っぁ、……！　んぅ、っぁ、あっ……ィ、……っん、ぁ、ん、ン ん——……っ！」

嬌声を塞がれた千鶴の唇に、鈍い痛みが走った。士郎の牙が傷をつけたんだろう。舌の上に広がる血の味を、士郎が乱暴に舐る。

士郎の体がびくっと大きく緊張した。

下肢で大きく膨張したように感じた士郎のものに千鶴が目を瞠ると、次の瞬間、どっと熱い奔流が流れ込んできた。

士郎の言った通り、千鶴の中の深いところに。

「んン――……っん、んぁ、あ……っ！　ィ、あ……っ士郎、さんの……っぁ、あ……っ、ァ……！」

怒張の先端で執拗に穿《ほじ》られたそこに熱い迸《ほとばし》りを勢いよく吹きつけられると、千鶴は口付けられた唇を丸く開いて、堪えきれなくなった声をあげてしまった。

どうしようもなく、まるでお漏らしでもするように自分のものも溢れ出してくる。痙攣するたびそれは勢いよく噴き上げて、畳の上に飛び散った。

「……っ千鶴」

断続的に吐き出されるそれに千鶴がまだ体を震わせているうちから、士郎は唸《うな》るように言うと、繋がったままの千鶴の体を反転させた。

「っ、士郎、さ……っ⁉　待っ……まだ、」

うつ伏せにされて慌てて背後の士郎を振り返ろうとすると、下肢を抱え上げられた。

獣じみた体位に千鶴の体はかっと火照ってきて、士郎に見下ろされた結合部が疼《うず》いてしまう。

でも、まだ千鶴も士郎も、イッている最中のようなものなのに。

「士郎さん、待っ……っだめだめ、っ……まだ、――……っぁ、あ！」

制止の声も聞かず、士郎が荒々しく剛直を突き立ててきた。

千鶴の上体が崩れ、ますます下肢を突き上げてしまう。発情した猫が交尾をするそれと同じ格好だ。

それがますます士郎を昂《たかぶ》らせるのかもしれない。

暗い部屋に金目と青い目をぎらりと光らせた士郎が、貪るように激しく千鶴の中を穿ち始めた。

「——ぃ、……あっ、士郎さん、っ……士郎、さ——……っ！」

千鶴は畳に爪を立てて、啜《すす》り泣くような声を上げた。

「千鶴、……駄目だ、止まらない。……もっとお前が欲しい。もっと、」

背中で引き絞るような声を上げた士郎に強く求められたら、千鶴だって反応しないではいられない。

自身の凶悪なほどの劣情に戸惑ったような士郎が畳の上の手を握ると、千鶴もそれをきつく握り返した。

構いませんよなんて口で言わなくても伝わるように、祈るような気持ちで。

だって千鶴は、士郎のお嫁《ツガイ》さんなんだから。

*　*　*

味噌汁のいいにおいがする。

包丁がまな板を叩く、小気味いいリズム。ご飯の炊ける甘い香り。

「——……ん」

千鶴は寝返りを打って、台所から漂ってくるあたたかな空気を胸いっぱい吸い込んだ。

——千鶴。

なんだか体がひどく疲れていてなかなか瞼が開かないけど、台所に立つ母の姿が脳裏に浮かぶ。

母はあまり体が丈夫ではなかったけど、朝ごはんにはいつもあたたかいお味噌汁を用意してくれた。千鶴が新聞配達や早朝のコンビニアルバイトがない時は、こんな日くらいゆっくり休んでなさいと言って遅くまで寝かせてくれた。

——千鶴、よく眠れた？

痩《や》せた体に擦り切れたエプロンをつけた母の優しい声が耳に蘇《よみがえ》ってくる。

「うん、——……お母さ……」

よく眠れたよ。

なんだかすごくあたたかくて、優しいものに抱きしめられながら眠っているようで——。

夢うつつの中で母にそう言いながら起き上がろうとしたその時、千鶴は自分の肩を抱いている腕に気付いた。

「！」

一瞬で、目が覚める。

千鶴は士郎の腕の中にいた。それは別にいまさら、驚くようなことじゃない。

でもここはいつもの屋敷じゃない。

「……昨日あのまま寝ちゃったんだ……！」

あわてて士郎の腕の中からほうぼうのていで抜け出ると、畳の上にはしっかりと布団が敷かれていて、その中で体を寄せ合って眠っていたようだ。

士郎はまだ、あどけない顔をさらして眠っている。ずいぶん熟睡しているのか、出たままになっている白い猫耳が時折、ぴくぴくっと何かを弾《はじ》くように震える。その寝顔を見つめながら、千鶴は昨夜の記憶を手繰り寄せた。

一度性急に求められた後で、背後から立て続けに責められたのは覚えている。

千鶴は浴衣を口に含むようにして声を殺しながら、士郎が突くたびにイっているような感覚に陥って、それがまた千鶴自身を、そして士郎を興奮させて間もなく二度目の絶頂を迎えた。

それだけでぐったりしていた千鶴を、士郎はさらに向かい合わせの格好で膝の上に抱き上げて、溺れるような唾液まみれのキスをしながら、もう一度して――……それから先のことを、覚えてない。

この布団は士郎が敷いたんだろうか。まさか。

屋敷のベッドしか知らない士郎が、布団の敷き方を知っているとは思えない。部屋に押入れはあるけど、そこに布団が収められているということ自体士郎にはわからないかもしれない。

だとすると、昨日の宴会に参加していた誰かが――……。

千鶴はいつの間にか新たな浴衣を着けている自分の体を見下ろして、緊張に胸を詰まらせた。

と、その気持ちを解きほぐすかのように鼻先を味噌汁の香りがくすぐっていく。

千鶴を心地良く起こしてくれた、朝食の香り。

まだ起きそうにない士郎の髪をひと撫ですると、千鶴はおそるおそる部屋を出た。

襖を開くと、昨日の宴会の名残が残った広い座敷には縁側からのまばゆいばかりの朝日が差し込んで、千鶴の目を射抜いた。

まるで台風一過だ。突き抜けるように晴れ渡った空から、惜しみなく光が降り注いでくる。

「……うわ、」

縁側から覗くまばゆいばかりの景色に、千鶴は一瞬、自分がどこにいるのかも忘れて見とれてしまった。

遠くに見える、村を取り囲んだ山々は深い緑に色付いて昨夜の雨の名残をキラキラと輝かせている。

千鶴の肌をキリッと覚ましてくれる新鮮な空気を運んでくるのも、その山からの風だろう。

それに、この家の周囲に作られた生垣や、庭に咲いている椿《つばき》もまるで宝石のように雨雫を湛《たた》えながら活《い》き活《い》きとしている。

千鶴は健やかな朝の景色に大きく深呼吸をした。

「起きたかの」

「！」

その時、背後から急にしゃがれた声をかけられて、思わずむせてしまった。

「あ、っすいませ……っあの僕、勝手に」

振り返ると、炉端から顔を覗かせているのは「佐々木のお婆さん」だった。

この屋敷まで案内してくれたこの老婆が、この家の主《あるじ》なんだろうか。腰の曲がった着物姿に、割烹《かっぽう》着を着けている。

「いいよいいよ、よく眠れたかい」

ふと、母の優しい声を思い出す。

なんだか、くすぐったい。懐かしくて、嬉しいような恥ずかしいような、泣きたいような気持ちになってくる。

「……はい」

「そうか。もうすぐ朝餉《あさげ》できるでの、そしたらあの白猫も起こしてやんなさい」

老婆は微笑むでもなく、しかし優しい声音でそれだけ言うと踵を返して土間に戻ろうとした。その背中を、追いかける。

「あの、僕もお手伝いします」

「いいよ、客人はゆっくりしてんさい。茶ァでも淹《い》れるから」

「そんな、急に押しかけてきて客だなんて」

……それに昨晩はあんなことまでしてしまったし。

罪悪感いっぱいで千鶴が眉尻《まゆじり》を下げると、その様子を振り返った老婆は、皺だらけの唇からふっと息を吐くようにして笑った。

「そうか、じゃあ洗い物でもしてもらおうかの」

「はい！」

これでも着てなさい、と差し出されたのは七分丈のカットソーと、ジーンズだった。

どちらも千鶴には大きかったけど、それにしてもこの家にこんなものがあるのが意外だ。どちらも男物だった。

「お婆さんの息子さんのものですか？」

そういえば、この大きな家にお婆さん一人では少し広すぎる気がする。まあ千鶴が暮らしている屋敷も相当なものだけど。

「そんなわけあるか。息子はもう六十歳過ぎとるで」

それもそうか、と千鶴が首を竦めると、その様子を見た老婆がまた笑った。

最初はにこりともしなかったのに、なんだか仲良くなれてきている気がして嬉しい。

「じゃあお孫さん……」

「野亜の服じゃ」

なるほど、確かに昨夜着たものと同じくらい――千鶴にはぶかぶかだ。

千鶴の着替えが済むと、土間に戻っていく老婆の後をついていく。

かまどの火はもう消えていて、あとは囲炉裏に刺さった魚が焼けるのを待つだけのようだ。

しかし洗い物はというと、昨日の宴会で使用されたお椀《わん》や皿や盃《さかずき》が、山のようにある。千鶴は腕まくりをして、気合を入れた。

洗い物なら、母の隣で小学生の頃からずっとやってきた。皿洗いのバイトだって経験があるし、人が食事を楽しんだ後の片付けは嫌いじゃない。

「野亜くんは、佐々木さんの……お孫さんとかなんですか？」

野亜の名前を口にすると、昨夜の野亜のぎらついた目を思い出す。

あの時はただ怖くなって逃げ出してしまったけど、やっぱり寂しさも感じた。

あんな形で別れたままになってしまうんだろうか。

「いいや、おれの孫じゃあないが……この村みんなの孫みたいなもんじゃ」

皿を洗い流しながら佐々木のお婆さんを振り返ると、そこには優しい表情があった。

村の、みんなの――。

「ここって、あの……亜人の村、ってことになるんですか？」

昨夜の宴会の様子を思い出す。

ほんの一瞬しか垣間《かいま》見れなかったけど、村の人たち十数人が酒を酌み交わしながらそれぞれの頭には耳が、そして腰からは尻尾が生えていた。

千鶴が初めて見る光景だった。たぶん、士郎だって初めてだろう。

士郎の生まれた村は人間に立ち入られ、捕まえられて、見世物《みせもの》にされて、解剖されたって――言っていた。

この村はまだ人間に見つかっていない、亜人の村なんだ。

「まあ、そうなるね」

「あのっ、僕亜人の村を探しにここに来たんです！　僕の祖父が、そういう研究を――あ、でも別に亜人の皆さんを見世物にしたいとかそういうんじゃなくて……」

水飛沫をあげながら千鶴が振り返ると、「水を飛ばすな」と注意されてしまった。土間に水が垂れている。千鶴はあわてて頭を下げて、洗い物に向き直った。

「わかっとるよ。あの白猫のために、じゃろ？」

老婆の目が、何もかも見通したように金色に光る。

年齢のせいか少し濁ってるようだけど、士郎と同じ、猫の目だ。

今はその目を見るだけで士郎のことを思い出して、胸がきゅっと切なくなってしまう。自分が士郎に溺れているのを思い知らされるようでなんだか恥ずかしい。

「そ、そういえば……士郎さんが亜人だって、すぐわかりました？」

「そりゃ、わかったから村まで案内したんじゃよ。猫のにおいは猫にはわかるもんでな。人間みたいに鼻が鈍くないからの」

つぶれた鼻をつんつんと突いて、老婆が悪戯っぽく笑った。

雨の中を一人飛び出して行った士郎をこの家の宴会に招いてくれたのも、彼女なんだろうか。そんな気がした。

亜人だらけの宴会に呼ばれた士郎がどんな風に思ったのか、後で士郎に聞いてみたい。もっともあの時は、それどころじゃなかったかもしれないけど。

「あんたが人間だから村の他のやつらはあんたらを警戒してただろうけどな、もう大丈夫じゃ」

昨日、千鶴たちにそそくさと背を向けた村人たちの姿を思い出す。

彼らは士郎が自分たちと同じ亜人だとわかっていて、でも隣に千鶴がいたから警戒していたのか。

千鶴が亜人を探すんだといって士郎を連れてきたのに、士郎一人だったらもっと早くわかっていたんだろうと思うと、複雑な気分だ。

「捕まえた亜人に村を案内させて、そこにいる亜人を根絶やしにするような人間もいたからの」

「！」

そんな。

皿を洗う手が震える。

自分がそんな人間かと思われていたかもしれないことより、自分と同じ人間がそんなひどい手段を使ってまで亜人を狩りにきていたということがショックで。

「まあ、亜人のほうが嬉々《きき》として人間を抱っこしている姿を見たおれからすれば、そんなやつらじゃないってことはわかるけどのう」

「っ、！」

そういえば、山の中で老婆に会った時、千鶴は士郎に抱き上げられていたんだった。

千鶴は熱くなった顔を俯かせて、できるだけ体を縮めた。穴があったら入りたい……。

背後でしゃがれた笑い声が響く。

「……そういえば、士郎さん――あ、あの僕と一緒にいた白猫の亜人が、亜人は本来長生きなんだって言ってましたけど……佐々木さんはおいくつなんですか？」

「女性に年を聞くのかい」

「っ！　すいません！」

濡れた手で口を覆った千鶴があわてて向き直って頭を下げると、また頭上で笑い声が漏れた。

その声を聞いているこっちのほうまで思わず口元が綻んでしまうような笑い声だ。

「どうだろうね。おれらの祖先は猫が長生きしすぎて妖怪化した猫又だって言われとるからね、昔の亜人は長生きだったようじゃ。人間の血が濃くなるほど、寿命は人間と同じになるんじゃないかの」

「人間の……血？」

千鶴の洗い終えた皿を、老婆が戸棚に運んでいく。

重いだろうに、その足取りはしっかりしていて慣れたものだ。いつも自分でやっていることなのだろうから、当たり前か。

「亜人の中にもいろいろおるでの。おれみたいに完全な猫の姿まで戻れるやつもいれば、野亜みたいに耳や尻尾しか出ないやつもいる」

「士郎さんもです！」

むしろ、昨日完全な猫の姿で現れた老婆が人間の言葉を話す姿を初めて見て、驚いたくらいだ。

千鶴が前のめりになって言うと、老婆が肩を揺らして笑う。

それが士郎のことに夢中になる自分を笑ってるのだというこことに一瞬の後気付いて、千鶴は赤い顔を隠すように洗い物に戻った。

「亜人が人間とツガイになれば、生まれてきた子供は人間の血が混じる。その子がまた人間とツガイになれば、人間の血が強くなる。そういうことじゃ」

なるほど。

千鶴が感心して肯いていると、老婆はかまどの火に空気を入れて、味噌汁を温めなおし始めた。気がつくと魚の焼けたいい香りが漂ってきている。

「あの白猫の片親か、またはその一代前に人間がいたんじゃろう」

「！」

思わず、手に持っていた盃を落としかけた。

士郎の家族がわかるかもしれない。そう思うと、心臓を殴られたみたいにどきどきしてくる。

確か祖父の遺した記録によれば、士郎の両親は双方とも人間に狩られてしまったと書いてあった。

ということは両親は亜人なんだろう。でも、士郎のお爺さんかお婆さんは人間かもしれない。だとしたら、人間として、どこかにまだ生きているのか。

亜人を探すよりも難しいかもしれない。ただの人間だって、千鶴の祖父も祖母も早くに亡くなってしまっているけど。でも、少しでも可能性があれば。

「別に自分の祖先が人間だろうと亜人だろうと、興味ないな」

「士郎さん！」

冷めた声を振り返ると、寝ぼけた顔の士郎が立っていた。いつもの習性なのか、猫耳も尻尾もしまわれている。

「俺は別に自分のルーツ探しをしたいなんて思ってない」

炉端に腰を下ろして顔を背けた士郎が、魚の焼け具合を確認しながら火にかかった串の向きを変えている。

それは千鶴の祖父や、千鶴を家族だと思っているからと言う士郎のいつもの表情だ。

何の気負いもなく、本当にそう思ってくれているんだろう。それは嬉しいことでもあるけど、でも、人は会える時に会っておかないと、いつか会えなくなってしまう。千鶴が、もっと早く祖父に会っておきたかったと思うように、士郎だってもしまだ祖父母が生きていたら、会ってほしい。

そう思うのは、千鶴のお節介なのかもしれないけど――。

千鶴が黙り込んで俯くと、老婆がまた笑い声をあげた。

思わず顔を上げると、士郎も振り向いていた。

白米をよそった茶碗を炉端の士郎に差し出しながら、老婆は笑っている。

「お前らは似たもん同士だのう」

お婆さんは目を瞬かせた千鶴や士郎をよそに、あきれたように首を揺らしながら今度は味噌汁を注《つ》ぎに土間へ降りてくる。

「お互いがお互いのことを思って、こうしてあげたいああしてあげたいとか考えとるんじゃろう。若いのう」

そうなんだろうか。

千鶴が士郎をちらりと窺い見ると、士郎も千鶴を見ていた。お互い、苦笑が漏れる。

士郎も千鶴のことを気遣って、そんなものはいらないと言ってくれてるんだろうか。

だとしたら、そんな必要ないですよと言ってぎゅっと抱きしめたい。もちろん、士郎はそうとは認めないかもしれないけど。

「昔は亜人が人間を襲い、そのツケを払うように駆除されもした。人間が娯楽を求めるようになれば、見世物にもされたさ。おれたちは珍しいからね」

ご飯と味噌汁を用意した老婆が、炉端で空いた座布団を皺くちゃの手でぽんぽんと叩いて千鶴を招いた。

彼女も実際に人間に狩られていった仲間たちを見送ったことがあったんだろう。

その言葉に重みを感じて、千鶴は同じ食卓を囲んでも自分だけ人間であることを意識してしまった。

千鶴が謝って済む問題じゃない。でも、自然と頭《こうべ》を垂れてしまう。

「まあでも、今はそんな時代じゃあないでの。そりゃおれたちが街で自由に耳や尻尾を出して歩くことはないけどな」

両手を合わせて食膳《しょくぜん》の挨拶をしながら軽やかに言う声に、千鶴は顔を上げてちょっと笑った。

もしそんな時代がくればいいけど、もし亜人が亜人であることを隠すことなく人間と共存できて、士郎も何の気負いなく辺りを出歩けるようになったら――。

その美しい白い毛並みを他の人に見せて歩いたら、ただでさえ人目を引く整った容姿とあいまって、他の亜人も人間も、みんな士郎に群がってくるんじゃないだろうか。

そう思うと、そんな時代なんか来なくていいとも思ってしまう。千鶴は改めて自分の心の狭さに気付いて、自分でも驚いた。

野亜に牙を剝く士郎と同じだ。

士郎の耳や尻尾に触れていいのは、自分だけだ。

「ま、生きづらいことに変わりはないけどのう、味方になってくれる人間も増えたよ」

「そんなのは、知っている」

差し出された魚におそるおそる噛み付きながら、士郎が愛想のない様子で答えた。

その態度を諫《いさ》めようとして千鶴が口を開きかけると、老婆が快活な笑い声を上げる。彼女からしてみたら士郎なんて反抗期の仔猫《こねこ》みたいなものなのかもしれない。

千鶴は肩の力を抜いて、大根の葉が入った味噌汁に手を伸ばした。

母もよく大根や蕪《かぶ》の葉で味噌汁を作ってくれた。懐かしい味のする味噌汁だ。

「人間の里に降りる亜人も珍しくなくなってきたしの、そこで人間のツガイを見つけることも多いようじゃよ」

「そうなんですか？」

千鶴が身を乗り出すと、老婆は大きく肯いて味噌汁を啜った。

「――まあ、オス猫のツガイが男だってのはさすがに珍しいか」

「！」

思わず、むせた。

味噌汁を口に含んでる最中じゃなくて助かった。千鶴は老婆や士郎に背を向けてひとしきり咳《せ》き込みながら、自分の顔の熱が冷めるのを待った。

やっぱり気付いていたんだ。

山中で抱き上げられていたのを見られていたのだから当たり前というべきか、いやそもそも敷かれていた布団が一組だった時点で察するべきなのか。昨晩宴会の席の隣を密室にしていたことについてはどう思われているのか、考えれば考えるほど汗が噴き出してきて、顔の熱は冷めそうにない。

士郎は何でもないような顔をしている。妙に憎らしく思えてきた。

「そうだ、あんたらが帰る時にまたたび酒を持っていけばいい」

お婆さんは、黙ってお新香を齧《かじ》っている士郎に向かって言った。士郎が、肯く。

「ま、またたび酒⁉」

暑くもないのに汗だくになりながら、千鶴は目を瞠った。

昨夜の尋常じゃない様子の――妖しい士郎の様子を思い出す。

あんなふうに甘い言葉を千鶴に浴びせるのも様子がおかしかったし、とにかく下肢がいつもより強く張《みなぎ》っていて、何度噴き上げても萎《な》えることを知らず、士郎自身の白濁でぬかるんだ千鶴の中を執拗なくらい擦りあげて――。

暗い褥《しとね》で感じた士郎の荒い息遣いを思い出すと、千鶴はまた体が蕩けそうになってきた。

あれが、またたびの効果なんだろうか。

まさか、あんな酔い方をするなんて――ほとんど、媚薬といっていい。千鶴は媚薬なんて使ったことがないからわからないけど――とはいえ昨夜はまたたびに酔った士郎に誘発されて、千鶴も感じやすくなってしまっていた。

熱くなった千鶴の体は、まだ冷めそうにない。

「はっは、もうここの耄碌《もうろく》したじいさん達にはなーんの効果もないからの。またたびの実や枝なんかも好きなだけ持って帰るといい」

老婆は千鶴の様子をあっけらかんと笑い飛ばす。

ということは、やっぱり昨夜のこともばれているのかもしれない。

士郎がどれだけまたたび酒を口にしたのか知らないけど、あんなに覿面《てきめん》な効果を出すまたたびを屋敷に持ち帰ったりなんかしたら、……千鶴の体が持ちそうにない。

千鶴は熱くなった顔を伏せながら、昨夜のことを思い出すだけで身震いする自分の身をぎゅっと抱きしめた。

「ばーちゃん、おはよー」

その時、縁側から間延びする声がして千鶴はハッとして顔を上げた。

野亜だ。

士郎もすぐに気付いて、瞬間的に猫耳が出てきている。その尻尾は逆立って、唇から牙が覗く。

「あれ？　千鶴ちゃんたち、ばーちゃんちにいたんだ」

探しにきたんだけど、と本当か嘘かわからないような声音で言いながら野亜が縁側に上がってくる。

士郎が腰を浮かせた。

まるで何事もなかったかのような野亜の様子は、昨夜のことを気にしてないようにも思える。でも、千鶴はなかったことにはできない。

士郎より先に座布団を立ち上がると、千鶴は野亜に駆け寄った。

「千鶴」

「野亜くん、昨日はごめんなさい！」

制止する士郎の声を遮って、大きく頭を下げる。

一瞬、場の空気が止まった。

士郎も野亜も、何があったか知らない老婆もぽかんとして千鶴を見ている。

「え、何で千鶴ちゃんが謝……」

「尻尾、大丈夫だった？」

顔を上げた千鶴がすぐに野亜の背後に回りこむと、それを嫌がったように野亜が体を反転させる。その背後を追って、さらに千鶴が回りこむ。それを二周繰り返すと、野亜が笑い出した。

「大丈夫大丈夫、ってか千鶴ちゃんこそあの雨の中外に出て、大丈夫だった？」

ぴょこんと腰から尻尾を出した野亜が、少し折れ曲がった錆色《さびいろ》の尻尾を振って見せた。折れているのは元からだったはずだから、千鶴のせいではないだろう。

ほっと胸を撫で下ろした顔を覗きこんだ野亜が今度は千鶴の肩に触れようとすると、いつの間にか駆け寄っていた士郎がそれを弾いた。

「士郎さん」

「千鶴に触るな」

乱暴に腕を引かれて、気付くと千鶴は士郎の背中に回されていた。

炉端からの視線が気になって千鶴が振り返ると、老婆はきょとんとした顔をしてこちらを見ていた。居た堪《たま》れなくて、視線をあわせていられない。

「その千鶴ちゃんを一人置いてったのはアンタだろ。てゆーか先に帰ったんじゃなかったのかよ」

「この村には強姦魔《ごうかんま》が野放しになってるのか」

「してねーし！」

「士郎さん、野亜くん、そういう話は外で――……」

二人の背中を押して言いかけて、いや外でされても困る話だ、と千鶴は内心頭を抱えた。

野亜の家でやりあってもらうにしても、声が外に漏れそうだ。狭い村で喧嘩をするのは意外と難しいのかもしれない。野亜がこの村を窮屈だと感じるのも少しわかるような気もする。

でも、それだけ隠しごとのない付き合いだってことだ。

村のみんなが野亜のことを自分の孫だと思ってるように、この村自体が、ひとつの家族みたいなものなんだ。強い絆《きずな》で結ばれた――。

「おい千鶴、何をニヤニヤしてるんだ」

急に振り返った士郎に、頭を摑まれる。

「お前、オレの千鶴ちゃんに手荒な真似を」

「千鶴は俺の嫁だ。昨晩、いやというほど体に――」

「士郎さん！」

千鶴があわてて遮ると、士郎もおとなしく口を噤んだ。

その様子を驚いた顔で交互に見た野亜に、千鶴は笑いかけた。

「野亜くん」

背後の老婆をもう一度、振り返る。

食事を終えてお茶を啜った老婆は、三人の様子を優しく見守ってくれていた。

「野亜くんはこの村でツガイも見つけられなくて一人だ、って言ってましたけど――ここには、野亜くんの家族がこんなにたくさんいるじゃないですか」

もし士郎がこんなふうに穏やかな亜人の村で暮らしていたら、千鶴とは出会えなかっただろうか。

とても、千鶴にはそう思えない。

士郎が亜人の村でのびのびと生きていても、千鶴の祖父が亜人についての研究をしていなかったとしても、きっとどこかで千鶴と士郎は出会う運命だったんじゃないかって、そう思える。

だからきっと、野亜の運命の相手もいつか現れるだろう。

「……千鶴ちゃん」

微笑んだ千鶴に、野亜が諸手《もろて》をあげて抱きつこうとした。その腕を士郎が即座に弾き落とす。

それはまるで士郎に気の置けない亜人の友達ができたように見えて——士郎は文句を言うかもしれないけど——千鶴は、嬉しくなった。

「いつか、野亜くんもうちの屋敷に遊びに来てください」

「おい」

野亜の腕から千鶴を庇った士郎が眉間に皺を寄せる。白い耳が不機嫌そうに頭上に伏せられていた。

「え、いいの？」

「もちろんです。僕たちもまた村に遊びに来ますから」

「千鶴」

鼻の頭に皺を寄せた士郎が牙を覗かせて唸った。

そんなにやきもちをあからさまにする士郎の顔を、千鶴は心のアルバムにそっと納めた。

どんなに大変な思いや、怖い体験、涙が滲むような失敗や不安があっても、無事に終わってしまえばそれも旅の思い出のひとつだ。

「着いたー……っ！」

ローカル線は翌日の昼過ぎに復旧し、千鶴たちは結局街のホテルに一泊もすることなく帰路に就いた。

亜人に関する手がかりを探すために長丁場を予想していたのに、結局亜人の村そのものに二泊してしまった。

二泊目の晩も佐々木邸で亜人だらけの宴会が催された。しかし今度は野亜のちょっかいを防ぐために士郎もまたたびに溺れることなく、村の人たちとの交流を深めることができた。

なんだか不思議な、内容の濃い旅になったような気がする。

亜人がいるところにはあんなにいるんだというのも意外だった。

祖父もいろんな村を訪ねたようだけどみんな壊滅状態になったものばかりで、祖父自身が会ったことのある亜人は士郎だけだったというのに。

もっとも、祖父が士郎を連れて亜人の村を探しに行っていたら出会えたものもあるんだろうか。

今でも、無理やりのように士郎を旅行に連れ出したのが良かったのかどうか、千鶴にはわからない。

祖父は士郎に無理強いはしなかったんだろう。それは士郎が亜人の村で凄惨《せいさん》な景色を見たことがわかっているからかもしれない。

壊滅した村を見たことがないから、千鶴は士郎に無理をさせることができただけなのか。

ともかく片道四時間超の長旅を終えて、千鶴は帰宅するなりトランクを片付けることもしないままベッドに倒れこんだ。

「はー、やっぱり家が一番落ち着く……」

初めてこの屋敷に来た時は常軌を逸して広すぎるし、掃除が大変そうだし、庭はともかく、お城みたいな室内はどこか無機質な感じがすると思ってばかりだったけど。

もうすっかりこの屋敷が自分の家だと感じる。

特に士郎の居住区になっている塔の三階は、千鶴も入り浸りすぎて自分の部屋でもあるようだ。

今日も電車を乗り継いで帰ってくるなり、真っ先にこの部屋に戻ってきて、士郎のベッドに顔を埋めてしまっている。

一応自分の部屋も用意してあるのだが、もうしばらく自分のベッドで眠っていない。

「千鶴、今日はもうこのまま寝るのか」

ジャケットを脱いで一息ついた士郎の頭上にはもう猫耳が生えている。

欲情しているとかではなくて、単純にリラックスしてるんだろう。

地方のローカル線ならまだしも、都心に戻るにつれて乗客の多くなっていく新幹線などではまかり間違っても猫耳が出ないように、士郎も緊張していたに違いない。

ようやく家について安心して尻尾をゆらゆらと揺らしている姿をベッドから眺めると、千鶴はなんだか急に幸せな気分が胸の奥から突き上げてきた。

理由はわからないけど、士郎をぎゅーっと抱きしめたい気分だ。

　すると何を言ったわけでもないのに士郎が自然とベッドに歩み寄ってきて、千鶴のそばに腰を下ろす。千鶴は少し身じろいで、士郎の腰に腕を回した。士郎の手が千鶴の髪を撫でる。胸が苦しくなるくらいに士郎が愛しくて、たまらない。

「士郎さん」

「うん？」

　千鶴が耳を押し当てた体から、士郎の低い声が直接響いてくる。千鶴は猫のように士郎のお腹《なか》に頬をすり寄せた。

「また旅行、行きましょうね」

　髪をゆっくりとした動きで撫でていた士郎の手が、ピクリと止まった。千鶴がその顔を仰ぐと、士郎は不可解そうな表情を浮かべて耳をピクピクと震わせていた。

「お前、さっき家が一番落ち着くと言ってたじゃないか」

「それとこれとは別です」

　やっぱり家が一番落ち着く、と言うところまでが旅行なんだと千鶴が熱弁をふるうと、士郎は呆れたようにため息を吐いた。その膝の上に頭を乗せて、仰向けに寝転がる。

　いつもは千鶴が士郎に膝枕をしているけど、今日は逆だ。

　背後に手をついて千鶴の顔を見下ろす士郎の顔を仰ぐと、あきれてはいても優しくて、見守られているように感じる。士郎も千鶴の膝で眠っている時はこんな風に感じているのだろうか。

「写真もいっぱい撮れました」

千鶴を見下ろす士郎の顔に、ファインダーに見立てた四角の枠を指先で作って覗き込む。

村での二日目は、前日野亜の家に置きっぱなしにしていた鞄からカメラを出して、村のあちこちを撮って歩いた。

墓の周りに咲き誇るまたたびの花や、村の人たちの畑。気を許してはいても照れくさそうに笑う村の人たちの姿も、宴会で村の人たちに囲まれる士郎の姿も。千鶴のカメラには士郎以外のたくさんの亜人の楽しそうな表情が写っている。

過去には大変なこともあっただろうけど、今はみんな人間たちに怯えることなく、のんびりと暮らしていた。

「あの写真、お祖父ちゃんにも見せてあげなきゃ」

のびのびと生活している亜人の村を見つけ出したのは、千鶴の祖父だ。千鶴は祖父の資料のおかげであそこに辿り着けたに過ぎないし、それも士郎がいなければ何もわからないままだっただろう。

祖父が士郎と見たかっただろう景色を、千鶴が見せてもらったことに感謝しないと。

写真を祖父の書斎のアルバムにたくさん貼《は》ったら、祖父にも届くような気がする。士郎の楽しそうな顔もたくさん貼ろう。屋敷に一人遺していくことになった士郎を、きっと天国の祖父は心配してるだろう。

でも、千鶴にキスをしている写真は貼るわけにいかないか。

思い出して頬を熱くした千鶴の手を、士郎が握った。

目を瞬かせると千鶴の顔を見下ろした士郎の唇が綻んでいる。切れ長の目を緩めて、まるで天使の羽みたいな柔らかい表情を浮かべた士郎の顔は息が止まりそうなくらい、綺麗だ。こればっかりは初めて会った時から、今でも慣れない。

「次の旅行は海外にするか」

「え？」

握った千鶴の指先に唇を押し付けた士郎が呟くと、千鶴は思いもよらない言葉に驚いた。

国内旅行でさえ、まだ着かないのかって焦れていたのに。

そういえば、帰路はあんまりそれも言わなくなっていた。目的地が家だから文句を言わないだけかと思っていたけど、旅行に少しは慣れてくれたということだろうか。だったら、嬉しい。

「士郎さん、少しは旅行が――」

「新婚旅行といえば海外なんだろう」

「し、新婚旅行?!」

一瞬浮ついた気持ちが、混乱と気恥ずかしさに変わる。

婚前旅行の次は、新婚旅行。士郎の中では旅行といえばそういうストーリーしかないんだろうか。

士郎の人間に対する情報には偏りがある気がする。

もっとも、そうじゃないとは言い切れないこともないんだけど。

結局婚前旅行の晩は乱れに乱れてしまったわけだし――。

千鶴の脳裏に、部屋の隅に置いたままのトランクにいっぱい持ち帰ってきたまたたびが過ぎる。

「海外にも亜人の記録はあるらしいぞ」

素知らぬ顔で士郎が嘯《うそぶ》く。と、千鶴は反射的に体を起こした。

「あ、それ僕も読みました！　海外には、猫だけじゃなくて狼《おおかみ》の亜人もたくさんいるって――お祖父さんの友人の研究者で、確か海外に……」

千鶴には難しい英文は訳せなかったけど、士郎に手伝ってもらいながら解読した書簡もある。

祖父が遺した書斎の一部分は日本国外の亜人について纏められているコーナーがあって、不思議なことにそれは国によって別の動物の亜人が大きな割合を占めていることが多かった。日本は猫で、海外は狼や犬が多い。

起き上がった千鶴がその資料を取りに行こうかとベッドを飛び降りようとすると、――その手を、摑まれた。

「あ、」

ぐいと引き寄せられて、ベッドに引き倒される。

世界が反転して、気付くと士郎が千鶴の視界を覆っていた。

「……まったく、お前は本当に亜人のこととなると夢中だな」

顔を顰めた士郎が不機嫌そうに目を据わらせている。

いつものことだとあきれているようで、でも千鶴をベッドに縫いつけた腕は意外と強い。何が何でも千鶴を逃がすまいとしているかのようだ。

そんなにしなくても、千鶴が士郎から逃げ出すわけがないのに。

「博士が研究に没頭してる姿はたくさん見てきたけど、お前は駄目だ」

落ち着きなく揺れた士郎の尻尾が、組み敷いた千鶴の腿を擽るように伏せられて、緊張している。どんなに強く押さえ込まれるより、その弱気な尻尾が何よりも千鶴を引き止めるようだ。そんな不安そうにされたら、どこにも行けるはずがない。

千鶴は両腕を士郎の首に回して、安心させるように微笑んだ。

「僕が夢中なのは、士郎さんのことだけですよ」

士郎に見せたくて資料を取りに行こうと思っただけで、その士郎が自分を見ていろと言うなら、いつまでだって見つめていられる。

でも、その唇が近付いてきたら瞼を閉じてしまうけど。

千鶴を押さえていた手で前髪を優しく撫で上げる士郎に視線を伏せると、当然のように口先を優しく啄ばまれた。

二度軽く吸い上げられて士郎が離れてしまうと、千鶴から首を伸ばしてもう一度吸い付く。

「――……あぁ、でも海外旅行は船旅だからな」

そのままベッドの上で微睡《まどろ》んでしまいそうになった千鶴の耳元で、ふと思い出したように士郎がぼやく。

「ええっ?!」

大きく目を開いた千鶴の顔を見下ろして、士郎がふはっと噴き出すように笑った。

冗談なのか、それとも本気なのかわからない。

まあでも、士郎と一緒なら海上の長旅もいいだろう。大事なのは士郎と過ごす時間なんだから。

二人一緒なら今度もきっと素敵な旅になる気がする。士郎と過ごす人生そのものが、長い旅みたいなものだ。

「士郎さん、……幸せになりましょうね」

金と青の目を光らせた士郎の顔を仰いで、千鶴は囁いた。

今回の旅は婚前旅行で次が新婚旅行だというのなら、結婚式は人知れず、今夜でいい。

「当たり前だ」

優しく笑った士郎が、千鶴に唇を落としてくる。

千鶴は静かに瞼を落として、王子の口付けを待った。

指輪も神父様もいないけれど。中世のお城のような屋敷のベッドの上で二人は静かに誓いのキスを交わした。

# あとがき

こんにちは、茜花《さいか》ららと申します。

このたびは「ネコミミ王子」をお手にとっていただき、ありがとうございます。

三尾《みお》先生のかわいい装画につられてうっかり……という方も、ありがとうございます（笑）。これを機に今後ともよろしくお願いします！


本作は雑誌・リンクスに掲載していただいた「ネコミミ王子」と、その続編書き下ろしを収録しています。

ノベルス化のお話をいただいて、「また士郎《しろう》と千鶴《ちづる》が書けるんだ！」とすっごく嬉しかったです！　というのも、雑誌掲載時の「ネコミミ王子」を書いた時から既に「他の亜人が出てきて……亜人にもてもてな千鶴……」ということをとりとめもなく妄想していたからです（笑）。

私一人の妄想で終えそうだったものをこうしてみなさまのお手元にお届けすることができて、本当に嬉しいです。

今度は海外の亜人の出てくるお話が書きたいです！（笑）

かわいすぎる千鶴と美しかっこいい士郎、そして想定の範囲をはるかに飛び越えたイケメンな野亜《のあ》を描いてくださいました、三尾じゅん太《た》先生。ありがとうございました。私の人生でよもや憧れの三尾先生に挿絵を描いていただける日がくるとは思ってもみませんでした……。

また、不束者の私をいつも優しく導いてくださる担当様、ありがとうございます！

それではみなさま、よろしければまた次の本でお会いできましたら嬉しいです！　よいお年を！

……と締めくくりたいところなのですが、今少しページに余裕があるということなので、千鶴と士郎の帰宅から数日後をちょっとだけお知らせしたいと思います。楽しんでいただけましたら幸いです。

２０１３年12月　茜花らら

# おまけ

「これ、士郎《しろう》さんの寝顔です」

「こんなもの、いつ撮ったんだ」

屋敷の三階にある、祖父の書斎。

高い天井をくり抜いたように作られた天窓からさしこむ暖かい光の下で、千鶴《ちづる》と士郎は肩を寄せてカメラの背面にあるディスプレイを覗きこんでいた。

「列車の中です。士郎さんが寝てしまったので、その隙に」

どこか勝ち誇ったように言った千鶴の手元では、士郎が車窓に額を寄せて眠っている姿が写し撮られている。

すぐに起きてしまったからネコミミは出てこなかったけど。

「こうして眠ってると、小さいころとあんまり変わってないように見えますよね、士郎さんって」

千鶴は祖父の遺したアルバムの中の幼い士郎の寝顔に視線を転じると、口元を綻ばせた。

いつもは少し近寄り難いと感じるくらい気高い雰囲気のある士郎も、こうして眠っているとあどけなさがある。

とはいえ、そう見えるのは千鶴だからなのかもしれない。

初めて会った時こそ、呼吸をするのも忘れるくらい美しいと感じた士郎が、今はヤキモチもやけばまたたびにも酔う、可愛い人だってことを知ってしまった。

この整った顔が千鶴の前でだけ気を許し、安心して眠ってしまうんだと思うとたまらない。

——飼い主以外に懐かない猫ほど可愛いって、こういう気分だろうか……。

そんなことをふと思って、千鶴は士郎の顔をちらりと窺った。

「——って、何やってるんですか、士郎さん！」

気づくと士郎はデジタルカメラを手にして、千鶴の盗み撮った写真を消そうとしていた。

慌ててその腕に飛びつく。

「何って、こんなものは削除だ、削除」

そうムキになる士郎の不機嫌そうな顔も、思わず噴き出してしまいそうなくらい可愛い。

「何をニヤニヤしてる」

「なんでもありません。……それより旅の思い出を勝手に消さないでください」

「何が旅の思い出だ、俺の寝顔なんて毎日いくらでも見ているだろう」

デジカメを取り返そうとする千鶴の顎先を、士郎の細い指先が摑む。鼻先を擦り合わせるように顔を寄せると、士郎の吐息が千鶴の唇を擽った。

「そう、ですけど……これは旅の思い出だから、特別なんです」

うっすらと目の色を変化させていく士郎に見つめられていると胸がドキドキして、千鶴は口ごもりながら視線を伏せた。

「それに、毎日見てるからって、今日の士郎さんは昨日とも、明日とも違うし」

自分の大切な人が、明日も、その次の日も元気に笑ってくれるとは限らない。

そう思うからこそ、大切な人と今日一緒にいられる幸福を、逃したくない。刻みつけておきたい。千鶴はそう思っていた。

「……そうか」

ふっと士郎が息を吐いて、まつ毛を伏せた。

「士郎さん」

わかってくれたのかと千鶴がぱっと顔を上げると、――その瞬間、唇を塞がれた。

「んぅ、っ……ん、ン――……っ！」

突然のキスに目を瞠って士郎の腕を掴む。まるで縋りつくようになってしまったかもしれない。士郎はすぐに舌を差し入れてきて、千鶴の歯列を割った。

「ぁ、……ん、っふ、ん……」

舌先をあやすように舐められると、それだけで千鶴の背筋をゾクゾクとしたものが走った。

掌を士郎の背中に伸ばして、抱き返す。シャツをぎゅっと握りしめながら千鶴からも士郎の舌にじゃれつくように応えると、腰を抱き寄せられた。

「ぁ、っは……しろ、さん……っ」

士郎の体が熱くなっている。ぼうっとした頭で薄く目を開くと、士郎の頭には白い毛に覆われた耳が生えていた。

二人で詰めるようにして座っていた革張りのソファにゆっくりと背中を沈められていく。千鶴は熱っぽくなった目で士郎の顔を窺いながら、おとなしくそれに従った。

「士郎、さ……ここ、書斎――」

「嫌か？」

なんだかここにはまだ祖父がいるような気がする。だから士郎も最初千鶴がこの部屋に入るのを嫌がったのだろうし、千鶴も旅の写真を祖父に見せるつもりで書斎でカメラを開いた。

でも実際、亡くなった人がここにいないことは千鶴だってわかってる。

士郎さえ嫌じゃないなら、それでいい。

千鶴がゆるゆると首を振ると、士郎の掌が千鶴の服の中に入ってきた。

「――ぁ、っ」

士郎の冷たい指先で熱くなった乳首を撫でられると、千鶴の体は大きく震えて、ソファの上で仰け反った。

「いやらしい顔だ」

千鶴の首筋に顔を埋めていた士郎が低く囁くと、不意に上体を起こした。

「士郎さ……？」

体を離してしまうのをどこか心細く感じた千鶴が士郎を見上げると、そこにはカメラを構えた士郎がいた。

「!!」

ぎょっとした千鶴の顔にシャッター音が降り注ぐ。

「ちょ……っ士郎さん！」

慌ててカメラに手を伸ばそうとすると、乳首を摘んだ士郎の手が妖しく蠢いた。

「ぁ、やっ……士郎さん、やめっ」

体の力が抜けて、ソファの上でどうしようもなく悶えてしまう。上に跨った士郎の熱くなった下肢も、千鶴を変な気にさせる。

「昨日の千鶴も、今日の千鶴も、明日の千鶴も違うんだろう？　それなら、毎日記録に残さないとな」

「ひ、っぁ……士郎さんダメ、やめ……っ！」

ソファに顔を押し付けてレンズから逃れようとしても、士郎の手が動くたびに過敏になった体が捩れて、じっとしていられない。

「お前ばっかり俺を撮るんじゃ不公平ってものだ。俺にもたっぷりとお前を撮らせてもらうよ。——体の隅々まで」

熱くなった顔に士郎の唇が寄ってきて、耳朶を舐めるような声で囁かれる。

いやいやと首を振る千鶴の肢体にさえ何度もシャッターが切られて、そのたびに千鶴は甘い声をしゃくりあげた。まるで、ファインダー越しにも士郎に愛撫されているような気がして。

「も……っぅ、やめ……っ！」

息が荒くなっていく。全身がいつも以上に過敏になって、まだ士郎に触れられてもいないものから先走りが滲んでくるようだ。

「俺しか見ないから。……いいだろう？」

シャッターを切る手を止めた士郎が、猫耳の先を萎れさせながら千鶴の唇に吸い付く。

そんな顔をされたら、駄目だなんて言えるはずがないって、わかってて言ってるんだろうか。

——でも。

カメラを握った手に千鶴が掌を重ねると、士郎が表情を曇らせた。しかし容易に、カメラを手放す。千鶴が叱るとでも思ってるのかと尋ねたくなるような消沈ぶりが見て取れた。

千鶴はカメラをソファの下に落とすと、その手で士郎の背中を強く抱き寄せた。

「こういう時は、カメラなんかより僕に集中してください」

「っ、」

息を呑んだ士郎の唇に、ちゅうっと吸い付く。士郎が驚いたように耳を震わせたが、千鶴だってすごくドキドキしている。でも、言わないではいられない。

「――カメラなんかより、僕にたくさん、触れてください」

顔に朱をのぼらせた千鶴が震える声で言うと、士郎は少し目を瞠って、――それから、ゆっくりと千鶴の上に覆いかぶさってきた。

LYNX ROMANCE

**一《ひと》つ屋《や》根《ね》の下《した》の恋《れん》愛《あい》協《きょう》定《てい》**

茜花らら　illust. 周防佑未

898円
（本体価格855円）

祖母から引き継いだ恭が大家をしている食事つきのことり荘には、3人の店子がいた。大人なエリートサラリーマンの乃木に、夜の仕事をしている人嫌いの男・真行寺、そして大学生で天真爛漫な千尋と個性豊かな3人だ。半年かけ、ようやく大家としての仕事も慣れて平穏な日々を送っていた恭だが、その裏では恭に隠れてコソコソと3人で話し合いが行われていたようで、ある日突然自分たちの中から誰か一人を恋人に選べと迫られ…。

LYNX ROMANCE

**竜《りゅう》王《おう》の后《きさき》**

剛しいら　illust. 香咲

898円
（本体価格855円）

皇帝を阻む唯一の存在・竜王が妻を娶り、その力を覚醒させる——予言を恐れた皇帝により、村は次々と焼き払われた。そんな村跡で動物と心を通わせられる穏やかな青年・シンは、精悍な男を助ける。男は言葉も記憶も失い、日常生活すら一人では覚束ない様子。シンは彼をリュウと名付け、共に暮らし始めたが、ある夜、普段の愚鈍な姿からは思いもよらない威圧的な態度のリュウに、自分は竜王だと言われ、無理やり体を開かれて——。

LYNX ROMANCE

**天《てん》使《し》強《ごう》奪《だつ》**

六青みつみ　illust. 青井秋

898円
（本体価格855円）

身体、忍耐力は抜群だが、人と争うことが苦手なクライスは、王室警護士になり穏やかな毎日を送っていた。そんなある日、王家の一員が悪魔に憑依され、凄腕のエクソシスト『エリファス・レヴィ』がやってくる。クライスはひと目見て彼に心を奪われるが、高嶺の花だと諦める。だが、自分でも知らなかった『守護者』の能力を買われ彼の警護役に抜擢される。寝起きをともにする日々に、エリファスへの気持ちは高まってゆき…。

LYNX ROMANCE

**赦《ゆる》されざる罪《つみ》の夜《よる》**

いとう由貴　illust. 高崎ぼすこ

898円
（本体価格855円）

精悍な容貌の久保田貴俊は、ある夜バーで、淫らな色気をまとった上原慎哉に声をかけられ、誘われるままに寝てしまう。あくまで『遊び』のはずだったが、次第に上原の身体にのめり込んでいく貴俊。だがある日、貴俊は上原の身体をいいように弄んでいる男の存在を知る。自分に見せたことのない表情で命じられるまま自慰をする上原に言いようのない苛立ちを感じるが、彼がある償いのために、身体を差し出していると知り…。

LYNX ROMANCE

## マルタイ —SPの恋人—

妃川螢　illust. 亜樹良のりかず

898円（本体価格855円）

来日した某国首相の息子・アナスタシアの警護を命じられた警視庁SPの室塚。我が儘セレブに慣れていない室塚は、アナスタシアの奔放っぷりに唖然とする。しかも、彼の要望から二十四時間体制で警護にあたることに。買い物や観光に振り回されてぐったりする反面、室塚は存外それを楽しんでいることに気付く。そして、アナスタシアの抱える寂しさや無邪気な素顔に徐々に惹かれていく。そんな中アナスタシアが拉致されしまい…。

LYNX ROMANCE

## 裸《はだか》執《しつ》事《じ》 ～縛鎖～

水戸泉　原作:マーダー工房　illust. 倒神神倒

898円（本体価格855円）

大学生の前田智明は、仕事をクビになり途方に暮れていた。そんな時、日給三万円という求人を目にする。誘惑に負け指定の場所に向かった智明の前に現れたのは、豪邸と見目麗しい執事たち…。アルバイトの内容はなんとご主人様として執事を従えることだった。はじめは当惑したが、どんな命令にも逆らわない執事たちに、サディスティックな欲望を覚えはじめた智明。次第にエスカレートし、執事たちを淫らに弄ぶ悦びに目覚め——。

LYNX ROMANCE

## 暁《あかつき》に堕《お》ちる星《ほし》

和泉桂　illust. 円陣闇丸

898円（本体価格855円）

清澗寺伯爵家の養子である貴郁は、抑圧され、生の実感が希薄なまま日日を過ごしていた。やがて貴郁は政略結婚し、奔放な妻と形式的な夫婦生活を営むようになる。そんな貴郁の虚しさを慰めるのは、理想的な父親像を体現した厳しくも頼れる義父・宗晃と、優しく包容力のある義兄・篤行だった。だがある夜を境に、二人から肉体を求められるようになってしまう。どちらにも抗えず、義理の父兄と爛れた情交に耽る貴郁は…。

LYNX ROMANCE

## 咎《とが》人《びと》のくちづけ

夜光花　illust. 山岸ほくと

898円（本体価格855円）

魔術師・ローレンの元に暮らしていた見習い魔術師のルイ。彼の遺言で森の奥からサントリムの都にきたルイに与えられた仕事は、セントダイナの第二王子・ハッサンの世話をすることだった。無実の罪で陥れられ亡命したハッサンは、表向きは死んだことにして今ではサントリムの『淵底の森』に匿われていた。物静かなルイは気に入ったハッサンは徐々にルイにうち解けていく。そんな中、セントダイナでは民が暴動を起こしており…。

初　出

| | |
|---|---|
| ネコミミ王子 | ２０１３年 リンクス9月号掲載 |
| ネコミミ王子の花嫁 | 書き下ろし |

この本を読んでの
ご意見・ご感想を
お寄せ下さい。

〒151-0051
東京都渋谷区千駄ヶ谷4-9-7
(株)幻冬舎コミックス　リンクス編集部
「茜花《さいか》らら先生」係／「三尾《みお》じゅん太《た》先生」係

リンクス ロマンス

# ネコミミ王子

2013年12月31日　第1刷発行

著者……………茜花《さいか》らら
発行人…………伊藤嘉彦
発行元…………株式会社　幻冬舎コミックス
〒151-0051　東京都渋谷区千駄ヶ谷4-9-7
TEL 03-5411-6431（編集）
発売元…………株式会社　幻冬舎
〒151-0051　東京都渋谷区千駄ヶ谷4-9-7
TEL 03-5411-6222（営業）
振替00120-8-767643
印刷・製本所…株式会社　光邦
検印廃止


ISBN978-4-344-82996-1 C0293
Printed in Japan

幻冬舎コミックスホームページ　http://www.gentosha-comics.net